सिर्फ़ तुम

पंकज शर्मा

सम्पूर्ण भावना से समर्पित

अनदेखे, प्रेरणा के जनक,

कहानी लेखन महाविद्यालय और

हिंदी साहित्य की मासिक पत्रिका

'शुभ तारिका' के संस्थापक

आदरणीय डॉ. महाराज कृष्ण जैन

एवं वर्तमान में निदेशिका एवं संपादिका

उनकी धर्मपत्नी उर्मि कृष्ण जी को।

क्रम-सूची

क्रम-सूची

क्रम-सूची

आमुख

'सिर्फ़ तुम'...
पहला पहला प्यार...

'सिर्फ़ तुम' सचमुच 'सिर्फ़ तुम' है...। मेरा पहला-पहला प्यार, यानी मेरी पहली-पहली पुस्तक। प्रेयसी की तरह ही प्रिय। कारण- इसकी शीर्ष लघुकथा 'सिर्फ़ तुम' मेरे जीवन की उस बेहतरीन सत्य घटना पर आधारित है, जिसकी घटना ने मेरी जिंदगी, तथा लघुकथा और लघुकथा-संग्रह ने मेरे लेखन और लेखन की दशा बदल दी थी। लघुकथा मेरे रिश्ते को, मेरी पसंद को लेकर है, और कैसे मैंने लड़की अर्थात अपनी अर्धांगिनी यानी अपनी हमसफ़र को चुना था, इस छोटी-सी लघुकथा में, चंद पंक्तियों, बल्कि कुछ शब्दों में ही बंधा है। पाठकों को अवश्य पसंद आएगा।

मज़ेदार और सौभाग्य की बात यह भी थी कि मेरे इस पहले लघुकथा-संग्रह 'सिर्फ़ तुम' को, जो मेरी सर्वप्रथम पुस्तक है, की पाण्डुलिपि को 'हरियाणा साहित्य अकादमी' द्वारा न केवल अनुदान के लिए चुना गया, बल्कि इसे 'हरियाणा साहित्य अकादमी' के 'लघुकथा वर्ग' में प्रथम बार 'श्रेष्ठ कृति पुरस्कार' प्राप्त करने का भी सौभाग्य प्राप्त हुआ है। यह मेरे लिए बहुत बड़ा पुरस्कार था, क्योंकि इसमें 21000/- की राशि दी गयी थी, जिसने मेरे दूसरे लघुकथा-संग्रह 'डोर' के प्रकाशन को सुलभ बनाया। साथ ही हरियाणा सरकार की योजना के अधीन मुझे हरियाणा रोडवेज की साधारण बसों में आजीवन मुफ़्त सफ़र करने का पास प्रदान भी किया गया, जो आर्थिक रूप से तो लाभकारी है ही, परन्तु उससे भी बढ़कर एक अलग प्रकार का सम्मान मिलना अधिक है।

इस पुस्तक के अस्तित्व में आने की कहानी भी अत्यंत रोचक है। मैं नया नया कहानी लेखन महाविद्यालय' (संस्थान) एवं 'शुभ तारिका' (मासिक हिंदी साहित्यक पत्रिका) से जुड़ा था, जहाँ से मैंने लेखन सीखा; और प्रत्येक वर्ष संस्थान एवं पत्रिका के संस्थापक, निदेशक एवं संपादक डॉ. महाराज कृष्ण जैन जी की याद में उनके शिष्य 'पूर्वोत्तर हिंदी अकादमी', शिलांग के सचिव डॉ. अकेलाभाइ द्वारा वर्ष 2009 में करवाए गए 'लेखक मिलन शिवर' में अपने अनन्य मित्र देवचंद 'मस्ताना' जी के साथ पहली बार एक प्रतिभागी के रूप में उपस्थित हुआ। वर्ष 2007 से मेरे लेखन जीवन का प्रारम्भ हुआ था, और अभी कुछ अधिक आता-जाता नहीं था।कार्यक्रम में देश के लगभग प्रत्येक प्रांत से आए बड़े-बड़े लेखक-

साहित्यकार बंधुओं को देख-सुन-मिलकर मन कुछ बड़ा करने-बनने को प्रेरित हुआ।

वापिस अम्बाला आए तो 'शुभ तारिका' के कार्यालय में 'हरियाणा साहित्य अकादमी' का सूचना-पत्र प्राप्त हुआ।पत्रिका के एकमात्र कार्यकर्ता (अब सह-संपादक) विजय कुमार जी, जो अब घनिष्ठ मित्र और मार्गदर्शक हैं, ने मुझसे अनुदान हेतु पांडुलिपि भेजने के लिए रचनाएं मांगी। मिलाजुला कर मेरे पास कुल पैंतीस रचनाएँ निकलीं।उन्होंने कहा, "पचास हो जातीं तो बढ़िया था, कुल अस्सी पृष्ठों की चाहिए थी।" मैंने कहा, "प्रयास करता हूँ।" दिमाग़ पर ज़ोर दिया, ध्यानमग्न हुआ, और एक सप्ताह में कुल 21 लघुकथाएं लिख डालीं। (इसका अर्थ यह न लगाया जाए कि कुछ भी लिख दिया गया।) पांडुलिपि बनी और भेज दी गयी। अब यहाँ मज़े की एक बात और यह भी है कि उस समय, जब हम शिलांग से वापिस आए तो बरसातें शुरू हो चुकी थीं, और ऑफिस में पानी भरा हुआ था, लगभग बाढ़ की सी स्थिति, और विजय जी ने उसी में दिन-रात एक करके 'सिर्फ़ तुम' की पाण्डुलिपि बनाकर भेजी।

बच्चों को शाम को फुटबाल खिलाना सिखाने के चक्कर में पैर फिसला और हल्का-सा फ्रैक्चर आ गया।हॉस्पिटल गए, डॉक्टर ने महीने भर का प्लास्टर चढ़ा दिया। अभी प्लास्टर चढ़वाकर बाहर ही निकला था कि विजय जी का फ़ोन आ गया, "बधाई हो!" मैं असमंजस में पड़ गया, 'टांग टूटने की बधाई?' तभी आवाज़ आई, "'सिर्फ तुम' को अनुदान मिल गया...।" मन प्रसन्न हो गया। फिर अगले वर्ष पुस्तक पुरस्कार हेतु भेजी।पहली बार 'लघुकथा विधा' को कहानी से अलग पृथक श्रेणी में रखा गया, और सौभाग्य से वह 'श्रेष्ठ कृति पुरस्कार' मुझे मिल गया।

इस संग्रह की सभी लघुकथाएं मेरे लेखन के आरम्भ के दिनों की हैं, परन्तु जब कभी भी इन्हें पढ़ता हूँ तो लगता है कि जैसे ये लघुकथाएं मेरी अपनी आज की लघुकथाओं से आज भी बेहतर हैं; अधिक मानवीय और संवेदनशील हैं, अधिक एहसासात से भरपूर हैं। बेशक कुछ कुछ-कुछ कच्ची और अधपकी भी हैं। ये सभी लघुकथाएं आम जीवन और आम लोगों से जुड़ी, और उन्हीं को ध्यान में रखकर लिखी गयी हैं। पांडित्य प्रदर्शन करना, सनसनी फैलाना और हंगामा खड़ा करना मेरा उद्देश्य नहीं है। मैं भी 'दुष्यंत कुमार' की तरह चाहता हूँ कि सूरत बदलनी चाहिए, लोगों तक बात पहुंचनी चाहिए और एक आम ज़िन्दगी को ही बेहतरीन तरीक़े से जीने, अपने आसपास को सँभालने-सुधारने और सुंदर बनाने की कोशिश होनी चाहिए। और सबसे बड़ी बात कि इस कोशिश के नायक भी आम इंसान होने चाहियें, जो किसी के लिए हों या नहीं, परन्तु हमारे लिए बेहतरीन, या कहें

कि सबसे अधिक ख़ास हैं- जैसे हमारे माता-पिता, भाई-बहन, यार-दोस्त, नाते-रिश्तेदार-जानकार, गली-मोहल्ला, शहर, देश और पूरा संसार। यहाँ तक कि पूरा ब्रह्माण्ड, जिसके हम एक कण हैं, परन्तु जिसके मन-मस्तिष्क और हृदय में पूरा ब्रह्माण्ड है।

मैं नोशन प्रेस, चेन्नई का बहुत आभारी हूँ जिसने हम सभी को वह मंच प्रदान किया है कि जिसके माध्यम से हम अपनी पुस्तक को, और पुस्तक के माध्यम से अपनी आवाज़, अपने शब्दों, अपने विचारों को दुनिया के किसी भी कोने तक पहुँचाने में सक्षम हुए हैं, और वह भी एक बेहतरीन तरीक़े से। मैं नोशन प्रेस के सुंदर भविष्य की कामना करता हूँ।

मैं अपने प्रिय मित्र अजय सिंह राणा जी का भी तहे-दिल से शुक्रगुज़ार हूँ कि जिन्होंने मुझे नोशन प्रेस से परिचित करवाया, मेरा मार्गदर्शन किया, और न केवल अपने दोनों उपन्यासों 'तेरा नाम इश्क़' एवं 'मैं भी भारत' सहित सभी पुस्तकों का नोशन प्रेस से प्रकाशन करवाया, बल्कि मेरी पुत्री के बाल-कहानी संग्रह 'माँ का जन्मदिन' के बाद अब मुझे मेरे इस लघुकथा-संग्रह 'सिर्फ़ तुम' को प्रकाशित करवाने में भी मेरी सहायता और मार्गदर्शन कर रहे हैं। मैं उनकी भी लेखन में उच्चतम सफलता की कामना करता हूँ।

अपने पाठकों से विशेष अनुरोध करूँगा कि यदि आपको मेरी यह पुस्तक और इसकी रचनाएं पसंद आती हैं, तो कृपया इसका प्रचार-प्रसार अवश्य करें, ताकि समाज में अच्छी बातें, अच्छे सन्देश भी पहुँचते रहें और हम एक बेहतर समाज बनाने के लिए किये जाने वाले प्रयासों में अपना भी एक छोटा-सा योगदान दे सकें।

इसी आशा और विश्वास के साथ,

आपका अपना,

पंकज शर्मा,

#19, सैनिक विहार, जंडली,

अम्बाला शहर (हरियाणा)- 134005

9416860445 (मो.)

ईमेल: sharma.pankaj254@gmail.com

1
प्रार्थना

अभी तक मौसम की पहली बारिश नहीं हुई थी। सूर्य देवता जब भी आते पूरे गुस्से से आते थे और उन्हें देख कर सारी धरती कांपती हुई सी प्रतीत होती थी। पशु-पक्षी-पौधे सभी सूर्य देवता की फैंकी हुई आग से जल रहे थे, और मनुष्यों के तो बुरी तरह से पसीने छूट रहे थे।

मानव द्वारा निर्मित सभी हथियार सूर्य देवता के प्रकोप के आगे विफल हो चुके थे। सब तरफ त्राहि-त्राहि मचने लगी, परन्तु इंद्र देवता का दिल नहीं पसीजा, जिससे बारिश हो जाती।

बेबस हो कर लोग प्रार्थना और धार्मिक अनुष्ठानों की तरफ झुक गए। मंदिर-मस्जिद-गुरुद्वारों, स्कूलों-कालेजों, संस्थानों एवं घरों-गली-मोहल्लों सभी में हवन, यज्ञ और प्रार्थनाएं होने लगीं।

ऐसे में ही एक गाँव के सरकारी स्कूल में भी प्रधानाचार्य द्वारा सुबह विशेष तौर पर इंद्र देवता को खुश करने एवं बारिश लाने के लिए प्रार्थना-सभा का आयोजन किया गया और सभी बच्चों को एक कतार में खड़ा कर प्रार्थना करवानी शुरू कर दी गयी।

सभी बच्चे प्रार्थना में मग्न थे, परन्तु दो बच्चे चुपचाप खड़े हुए थे। न तो उन्होंने हाथ जोड़ रखे थे और न ही वे कुछ बोल रहे थे। प्रधानाचार्य की नज़र उन पर पड़ गयी। प्रार्थना के बाद प्रधानाचार्य ने उन्हें बुलवाया और पूछा, "बेटा, तुम लोग प्रार्थना क्यों नहीं कर रहे थे?"

एक बोला, "वो मास्टर जी, प्रार्थना सुन कर अगर बारिश आ गयी तो हमारी सारी गली-मोहल्ले में पानी भर जाएगा। फिर न हम स्कूल आ पाएंगे और न हमारे बापू काम पर जा सकेंगे।"

“और हमारी छतें भी टपकनी शुरू हो जाएंगी...”, दूसरे ने कहा।

प्रधानाचार्य सोचने पर मजबूर थे, ‘क्या इन्हीं कारणों से बारिश नहीं हो पा रही है...।’

******

******

2

थप्पड़

"क्या हुआ बेटा, इतना रो क्यों रहे हो? और..., और यह तुम्हारा गाल लाल क्यों है?"

"पापा, अभी जब मैं स्कूल से वापिस आ रहा था, तो रास्ते में दो आदमियों ने मुझे पकड़ लिया और जोर से थप्पड़ मारा। वे कह रहे थे कि 'यह उसी साले, हरामी का बेटा है न जिसने हमसे पैसे ले कर हमारा काम किया था।'...।"

...मुझे लगा कि जैसे यह थप्पड़ मेरे अपने गाल पर पड़ा है।

****

3

स्वाद

"भईया एक कुल्फ़ी देना", मैंने कुल्फ़ी वाले से कहा।

"अभी लो साहब", कह कर उसने झट से एक कुल्फ़ी मुझे पकड़ा दी। मैं खोये वाली कुल्फ़ी खाने में तल्लीन हो गया।

तभी एक छोटे से मांगने वाले बच्चे ने पास आ कर कुछ इशारा किया।

मैंने कहा, "क्या है?"

"बाबू जी, कुल्फ़ी खानी है," वह चेहरे पर दीनता के से भाव लाते हुए बोला।

पैसे देने के इलावा भी इस तरह से किसी भी मांगने वाले को कुछ खिलाना-पिलाना मैं ठीक नहीं समझता था, क्योंकि इससे भी भीख मांगने की प्रवृति बढ़ती है। ...और हमारे समाज में तो यूं भी यह एक अच्छा-ख़ासा व्यवसाय ही बनता जा रहा है, इसलिए मैं असमंजस में पड़ गया था।

मैं अभी सोच ही रहा था कि कुल्फ़ी वाले ने उसे घुड़की दी, "चल भाग यहाँ से..., चल, ...जाता है या नहीं।"

और वह बच्चा वहां से आगे हो लिया।

उस छोटे से बच्चे पर मुझे सचमुच बड़ा तरस आ रहा था। मैं सोच रहा था, 'इस छोटे से बच्चे का क्या कसूर है जिसे शुरू से ही मांगना सिखा दिया गया है, या जिसे परिस्थितिवश या किसी और कारण से माँगना पड़ रहा है?'

कुल्फ़ी वाला शायद मेरे मन के भाव समझ गया था। बोला, "ये तो ऐसे ही यहाँ-वहाँ खड़े हो कर मांगते रहते हैं, ...इनका तो धंधा ही यही है, ...आप कुल्फ़ी खाइये साहब।"

...परन्तु मेरी कुल्फ़ी का स्वाद अब फ़ीका पड़ चुका था।

****

4

शेयर

<hr>

वह अपने दोनों बच्चों के साथ दुकान पर खड़ा था और बच्चों को चीज़ दिलवा रहा था।

'यह ले लो,' और 'यह मत लो' के निर्देशों के बाद आखिरकार बच्चे दो अलग अलग फ्लेवर के बिस्कुटों के पैकेट लेने पर राज़ी हुए- एक क्रीम वाला और दूसरा चाकलेट वाला। उसने बच्चों को समझाते हुए कहा, "देखो, आपस में दोनों चीजें शेयर करके खा लेना, दोनों को दोनों तरह के बिस्कुटों का स्वाद मिल जाएगा।"

परन्तु दोनों बच्चे एक दूसरे को अपनी अपनी चीज़ देने पर राज़ी न थे।

उसने अपने दार्शनिक अंदाज़ में उन्हें समझाया, "देखो अगर तुम दोनों अपनी-अपनी चीज़ एक-दूसरे को नहीं दोगे तो तुम दोनों को सिर्फ़ एक ही तरह के बिस्कुट का मज़ा आएगा। परन्तु अगर एक-दूसरे को अपनी-अपनी चीज़ दोगे तो दो-दो तरह के बिस्कुट खाने को मिलेंगे। पता है हम लोग भी आपस में इसी तरह से करते हैं। ऑफिस में हम पांच-छ: लोग इकट्ठे खाना खाते हैं, और इस तरह से पांच-छ: तरह की दाल या सब्जी हो जाती है, जो हम एक-दूसरे से शेयर करते हैं। इस तरह से हम सभी पांच-छ: तरह की सब्जी या दाल का लुत्फ़ उठाते हैं। अगर हम इकट्ठे खाना न खाएं, अकेले-अकेले खाएं तो सभी को अपनी अपनी सब्जी या दाल खानी पड़ेगी, यानी एक ही दाल या सब्जी...। समझ गए न मेरी बात को...।"

...दोनों बच्चे एक दूसरे से अपनी-अपनी चीज़ शेयर करने के लिए राज़ी हो गए थे।

****

5

याद

एक नवविवाहित युवक-युवती एक किले में घूमने गये हुए थे। किले में बने एक मंदिर में उन्होंने माथा टेका और बाहर आ गये। उनके पास प्रसाद था, जिसे वे आस-पास खड़े हुए लोगों में बांटने लगे। एक व्यक्ति जो थोड़ा अलग हटकर खड़ा था, के पास जा कर युवती ने उसे भी थोड़ा-सा प्रसाद दिया। उसने प्रसाद ग्रहण किया और कुछ पल उन दोनों की तरफ देखा।

फिर वह व्यक्ति नवयुवक से बोला, "श्रीमान, कृपया आप अपनी पत्नी का हाथ थाम लें।"

युवक उसका आशय नही समझ पाया पर युवक ने युवती का हाथ थाम लिया। उसने उनके हाथों को अपने दोनों हाथों में लेते हुए हल्का-सा दबाया, कुछ क्षण मौन रहा, जैसे प्रार्थना कर रहा हो और बोला, "भगवान तुम्हारी जोड़ी सदा बनाये रखे।" यह कहकर उसने अपना मुंह फेर लिया।

...उसकी आँखें नम थीं, ...शायद उसे कोई याद आ रहा था।

****

6

इंसानियत

सड़क पर एक दुर्घटना-ग्रस्त आदमी घायल पड़ा तड़प रहा था। उसके सिर पर गंभीर चोट लगी थी, और शरीर से बहुत सारा खून बह चुका था। भीड़ जमा थी, परन्तु कोई भी उसे अस्पताल ले जाने की चेष्टा नहीं कर रहा था। समय रहते यदि उसे चिकित्सीय सहायता मिल जाती तो कदाचित् वह बच सकता था। वह व्यक्ति सभी के लिए अजनबी जान पड़ता था, शायद किसी और इलाके का था। उस अजनबी व्यक्ति की सहायता कर कोई किसी पचड़े में पड़ना नहीं चाहता था। सभी को डर था कि क्या पता इलज़ाम उसी के सिर आ पड़े? कोई जान-पहचान होती तो बात और थी।

भीड़ देख कर वह भी उत्सुकतावश उस और चला गया और उस घायल आदमी को देखने की चेष्टा करने लगा। जैसे ही भीड़ पार कर उसने उस घायल आदमी को देखा, वह चौंक गया, 'अरे, यह तो प्रधान कार्यालय की कार्मिक शाखा में कार्य करने वाला श्याम है। यह यहाँ कैसे? अवश्य ही किसी अधिकारी के किसी व्यक्तिगत कार्य से यहाँ आया होगा और यहाँ पर दुर्घटना का शिकार हो गया है। अक्सर ही यह अधिकारियों के सरकारी या गैर-सरकारी कार्यों के लिए इधर-उधर भागता फिरता है। इन्हीं अधिकारियों की चमचागिरी की वजह से ही पूरे विभाग में इसका दबदबा है।'

वह सोच रहा था, 'सभी को प्रधान कार्यालय के कार्मिक शाखा में काम पड़ता रहता है। किसी भी अधिकारी से कोई भी काम हो इसी के जरिये किया जाता है। सारा लेन-देन, हिसाब-किताब यही करता है और किसी को भी नहीं बक्शता। न जाने कितने लोगों के साथ इसने अन्याय किया है, कितनों से रिश्वत खाकर उनका जायज़-नाजायज़ काम करवाया है। यहाँ तक कि कितनों की मजबूरी का फायदा

उठा कर उनकी इज़्ज़त से भी खेला है। अपने सगे बाप को भी न बख्शे, ऐसा शख्स है यह।'

उसने अपने आप से कहा, 'लोगों की बद्दुआएं लगीं हैं जो आज यह यहाँ पड़ा है। अच्छा हुआ, कम से कम धरती पर से एक कलंक तो हटेगा। कोई और होता तो उसे अस्पताल जरूर पहुंचाता, पर इसे..., इसे तो कभी नहीं। इसका तो मर जाना ही बेहतर है।'

...घृणा से भरा वह वहां से चल दिया।

उस व्यक्ति के प्रति उसकी इंसानियत मर चुकी थी।

****

7

दुविधा

वह सब्जी लेने के लिए सब्जी-मंडी गया।

दस-ग्यारह बजे का समय था। दुकानें और रेहड़ियां अभी लगी ही थीं, यानी दिन की शुरुआत हुई थी। आमतौर पर उस जैसे मध्यवर्गीय लोग शाम को या थोड़ा अँधेरा होने पर ही सब्जी-फल वगैरह खरीदते हैं, क्योंकि इस वक्त मूल्य थोड़ा सही लग जाता है।

आज अचानक मेहमान आ गये थे, इसलिए पत्नी को भी मज़बूरी में सुबह के वक्त भेजना पड़ा था, क्योंकि दाल-रोटी के इलावा एक सब्जी बनानी भी ज़रुरी थी।

वह एक रेहड़ी पर जा खड़ा हुआ। उसने रेहड़ी वाले से भाव पूछना शुरू किया, "तोरई कैसी दी है?"

"पन्द्रह रुपये पाव", रेहड़ी वाले ने जवाब दिया।

"और आलू?"

"चालीस रुपये किलो", जवाब मिला।

"शिमला मिर्च?"

"बीस रुपये पाव।"

'बड़ी महंगी सब्जी है', उसने सोचा, 'अब क्या लूं?'

अभी वह सोच ही रहा था कि एक आदमी स्कूटर पर आया और रेहड़ी वाले से पूछा, "शिमला मिर्च कैसे दी है?"

रेहड़ी वाला, "बीस रुपये पाव।"

आदमी, "अच्छा आधा किलो डाल दे, और आलू?"

"चालीस रुपये किलो सा'ब।"

"अच्छा एक किलो दे दे और ऐसा कर एक किलो प्याज भी तौल देना।"

"अच्छा सा'ब," रेहड़ी वाले ने फटाफट सारा सामान तौलकर उस आदमी को पकड़ा दिया। उस आदमी ने रेहड़ी वाले को रुपये दिए, स्कूटर स्टार्ट किया और अपनी राह पकड़ ली।

...वह अभी तक वहीं खड़ा हुआ यह फैसला नहीं कर पाया था कि क्या लिया जाए?

...वह दुविधा में था।

****

8

सहानुभूति

...वह रो रहा था।

वह किस बात पर रो रहा था, मैं नहीं जानता था। वह कोई छोटा बच्चा नहीं था कि मैं सोचता कि उसके माँ-बाप या किसी बड़े ने डांटा होगा। ...या कि उसने किसी चीज की ज़िद की होगी, जो उसे नहीं मिली थी। सादे कपड़ों में साधारण-सी शक्ल-सूरत वाला वह एक जवान व्यक्ति था। शायद यू.पी.-बिहार से था, जो यहाँ इस शहर में मजदूरी करने या किसी फैक्ट्री में काम करके आया होगा।

मैं उसके रोने की वजह सोच रहा था।

मालिक ने डांटा-फटकारा होगा, वेतन में से कसौटी की होगी या वेतन नहीं दिया होगा, या फिर उसे काम पर से निकाल देने की धमकी दी होगी, ...या शायद काम पर से निकाल ही दिया होगा, और अब वह किसी दूसरे काम की तलाश के लिए जद्दोजहद करने से पहले रो कर अपना मन हल्का कर रहा था। ...हो सकता है उसे अपने देस (गांव) से कोई दुःखद समाचार मिला हो- उसका कोई बच्चा, बीवी, मां-बाप या कोई और बीमार होगा, जिसके इलाज के लिए उसने रुपए भेजने थे, मगर भेज नहीं पा रहा था। ...या गाँव का साहूकार, जमींदार या बनिया उधार चुकाने के लिए परेशान कर रहे होंगे, या जो थोड़ी बहुत ज़मीन अगर है तो उस पर कब्ज़ा करने को आतुर होंगे, ...या कोई और कारण।

वजह चाहें कुछ भी थी, पर कुछ तो था जो उसे रुला रहा था, वर्ना आदमी को रोना कब आता है? और आदमी को रोने देता भी कौन है? –"अरे मर्द हो कर रोता है, लानत है तुझ पर" – अक्सर कहा जाता है, जैसे आदमी मनुष्य नहीं है, उसे दुःख-दर्द कुछ महसूस नहीं होता और वह रो भी नहीं सकता।

मैं चुपचाप दूर खड़ा उसे देख रहा था, उसके दुःख को महसूस कर रहा था, मन ही मन उससे सहानुभूति जता रहा था, ...पर उसके लिए कुछ कर नहीं रहा था। ...कुछ कर सकता था या नहीं, ...करना चाहिए था या नहीं, पता नहीं, बस उसे देख रहा था, और मनुष्य की अपने और दूसरे मनुष्य के प्रति बेबसी को महसूस कर रहा था। उसके लिए मेरी सहायता मेरे द्वारा उसके प्रति मेरी स्वयं से की गयी सहानुभूति तक ही सीमित थी।

...वह रो रहा था।

****

९

पुण्य

मोबाइल की घंटी बजी। उसने बटन दबाया, "हेलो, नमस्ते गुप्ता जी..., ...ठीक है..., ...मैं आ जाऊंगा, ...हाँ हाँ..., कोई बात नहीं..., अरे नहीं..., धन्यवाद कैसा, यह तो मेरा फ़र्ज़ है..., जी अच्छा, ...नमस्ते।" उसने फ़ोन बंद कर दिया।

"आज फिर गुप्ता जी को सिविल अस्पताल तक छोड़ने जाना है क्या?" दोस्त ने सवाल किया, "तुम भी पता नहीं क्यों अपना समय और पेट्रोल ख़र्च करके लोगों के काम करते रहते हो। किसी को अस्पताल छोड़ने जाते हो, किसी का पोस्ट-ऑफिस का काम करवाते हो, किसी की ट्रेन की रिजर्वेशन, किसी का फ़ोन-बिजली का बिल, किसी का कुछ, तो किसी का कुछ। यार तुम परेशान नहीं हो जाते? थकते-ऊबते नहीं? ऐसा क्यों करते हो?"

दोस्त की बात सुन कर शर्मा जी पहले तो थोड़ा हँसे, फिर गंभीर हो कर बोले, "देखो दोस्त, दुनिया में लोग न जाने कितना पैसा और समय ख़र्च कर अलग-अलग ढंग से पुण्य कमाने की कोशिश में लगे रहते हैं। कोई जागरण करवाता है, कोई भंडारा; कोई तीर्थ-यात्रा करता-करवाता है, तो कोई मंदिर-धर्मशालाएँ बनवाता है; कोई कुछ करता है तो कोई कुछ।

मेरे पास न तो ख़र्च करने के लिए ज़्यादा धन है, और न ही अधिक समय। मैं तो अपने पास-पड़ोस के लोगों, विशेषकर बुजुर्गों और बच्चों की सेवा करके, और उनके छोटे-बड़े काम करके ही ख़ुशी प्राप्त कर लेता हूँ। वे भी मेरे इन कामों से बड़ा आराम और प्रसन्नता पाते हैं। उनकी ख़ुशी में ही मेरी ख़ुशी छुपी है, जो थोड़े से धन और श्रम के बदले मुझे प्राप्त होती है।

किसी ने ठीक कहा है- 'आप तभी प्रसन्न रह सकते हैं जब आपका पड़ोसी प्रसन्न हो।' मुझे किसी भी तीर्थ पर जाने या पुण्य कमाने की आवश्यकता नहीं है।

मेरा तीर्थ और पुण्य यही है।"

"बात तो तुम्हारी सही है।" यह सुन कर दोस्त के चेहरे पर भी समझ की एक मीठी सी मुस्कान दौड़ गयी, "आज से मैं भी तुम्हारे साथ हूँ। खाली समय गंवाने से तो अच्छा है कुछ काम किया जाए। हो सकता है कल हमें भी कोई काम पड़ जाए किसी से, तो किसी का काम करेंगे, तभी तो उससे भी काम होने की उम्मीद करेंगे।"

"हाँ, मगर यह उम्मीद रखकर कोई काम मत करना, नहीं तो न तो ढंग से काम कर पाओगे, और न ही काम के मज़े ले पाओगे मेरी तरह...।" शर्मा जी ने मुस्ककुराते हुए कहा।

"हाँ, समझ गया...। अब चलो...।" दोस्त ने कहा और मुस्कुराते हुए उठ खड़ा हुआ।

****

10

भीख

"यार, तू बड़ा कंजूस है या तेरे अन्दर दिल नहीं है जो पसीजता नहीं। तुझे उस बेचारे अपाहिज़ भिखारी को देखकर ज़रा भी तरस नही आया जो तूने उसे पांच रुपए भी नही दिए। पांच रूपए होते ही क्या हैं? यार, अगर दे देता तो क्या तेरा कुछ घिस जाता, या तेरी जेब हलकी हो जाती", दोस्त ने उलाहना-सा देते हुए रघुवीर को कहा।

"शायद तू इन लोगों को नही जानता, पर मैं जानता हूँ। तूने उस भिखारी को ध्यान से नहीं देखा। उसके मुंह से शराब की बदबू आ रही थी। इसी पीने की लत के कारण ही इसके ट्रेन के नीचे आकर दोनों पैर कट गये थे। उसके सारे दांत तम्बाकू खा-खा कर और बीड़ी पी-पी कर ख़राब हो चुके हैं। दुनिया भर के सभी ऐब इसे हैं। ...और इसे क्या इस ट्रेन में चलने वाले लगभग सारे भिखारी ही इस कला में माहिर हैं। सभी शाम को दारु और मीट खाते हैं। मैंने कई बार अपनी आँखों से देखा है।"

"अच्छा!" दोस्त ने अचरज से कहा।

"और तुम क्या समझते हो कि यह ऐसे ही ट्रेन भी भीख मांगते हैं। एक दिन एक सज्जन ने ऐसे ही एक भिखारी को काम दिलाने की बात की, तो जानते हो उसने क्या कहा, 'बाबू जी, आप दस हजार महीने की तनख्वाह दिलवाने की बात कर रहा हो, इतने तो हम महीने में पुलिस वालों और चेकिंग स्टाफ को ट्रेन में भीख मांगने देने के लिए दे देते हैं।'

तुम सोचते हो कि तुम ऐसे भिखारियों को भीख दे कर उनकी सहायता कर रहे हो, या कोई पुण्य कमा रहे हो। इन्हें भीख में एक रूपया भी देने की बजाये मैं किसी ज़रूरतमंद पर सैकड़ों रुपये खर्च करना ज़्यादा अच्छा समझता हूँ। कोई भी गैरतमंद इंसान मेहनत करके खाएगा, भीख मांग कर नही, चाहे कितना भी लाचार

क्यों न हो। उल्टा इन्हें भीख दे कर हम भिखारियों की भीड़ को और बढ़ा रहे हैं और देश की उन्नति में रोड़ा अटका कर एक तरह से देशद्रोह कर रहे हैं।

कुछ समझ में आया या कुछ और भी बताऊँ?”

अब शर्मिंदा होने की बारी रघुवीर के दोस्त की थी।

****

11

जमात

कार्यालय में छठे वेतनमान में केन्द्रीय कर्मचारियों को दिए जाने वाले वेतनमानों एवं अन्य सुविधाओं के विषय में चर्चा चल रही थी। चलते-चलते बात विकलांग कर्मचारियों को दी जाने वाली कुछ विशेष सुविधाओं पर आ गयी।

रोशन बाबू जो बड़े मुंहफट थे, और हर बात में छींटाकशी करने से नही चूकते थे, तुरंत बोले पड़े, "इन विकलांगो को हम से ज़्यादा सुविधाएं देने का क्या मतलब है? काम तो हम से कम करें और सुविधाएं लें ज़्यादा। सरकार ने भी इन्हें कुछ ज़्यादा ही सिर पर चढ़ा दिया है।?"

मुकेश बाबू, जो स्वयं विकलांग थे, बोल उठे, "बड़े बाबू, एक काम करो, हमारी जमात में आ जाओ। तुम्हें भी सारी सुविधाएं मिल जायेंगी, और सही-गलत का पता भी चल जायेगा।?"

मुकेश बाबू की बात सन्नाटे में गूंजते थप्पड़ की तरह थी।

****

12

खानदान

"क्या बात है रमेश, बड़े खुश हो? ... और यह मिठाई किस लिए भई?" रमेश बाबू ने पूछा।

"साहब, मेरे बेटी पैदा हुई है, इसलिए।" रामदीन ने मुस्कुरा कर उत्तर दिया।

"भई वाह रामदीन, बेटी के जन्म की इतनी ख़ुशी कि मिठाई बांटी जा रही है। ऐसा तो भई हमने बहुत कम देखा-सुना है।" रमेश बाबू बोले।

रामदीन ने दार्शनिक अंदाज़ में कहा, "साहब, क्या है कि मैं बेटा-बेटी के फ़र्क़ को नहीं मानता। और यूं भी आने वाला समय तो हर लिहाज़ से बेटियों का ही है, चाहे वह कोई भी क्षेत्र क्यों न हो। बेटियां हमेशा बेटों से बढ़कर सेवा करती हैं। बेटे का क्या, जाने कब घर से निकाल दें, पर बेटियां ऐसा नहीं करतीं।"

"और तुम्हारे खानदान का क्या? वह कैसे चलेगा?" रमेश बाबू ने तुरंत सवाल किया।

रामदीन मुस्कुराया, "कैसा खानदान बाबू जी? बुरा मत मानियेगा, क्या आपको अपने पड़दादा या पूर्वजों के बारे में कुछ पता है? उनके नाम तक जानते हैं? नहीं न? ... और पता भी हो तो उसका क्या, आप तो जो हैं वही हैं न। तो यह खानदान चलने-चलाने वाली बात मेरी समझ से परे है।"

यह कहकर रामदीन रमेश बाबू को सोच में पड़ा छोड़कर मुस्कुराता हुआ वहां से चला गया।

****

13

पेड़ का दुःख

दो पेड़ आपस में बातें कर रहे थे।

पहला बोला, "यार, मैं तो तंग आ गया हूँ यहाँ की जिंदगी से।"

दूसरे ने पूछा, "क्यों, क्या हुआ भई? आज तो कुछ ज़्यादा ही परेशान और उदास लग रहे हो?"

पहला पेड़ बोला, "अब क्या बताऊँ, सब कुछ तो तुम्हारे सामने ही है। कहाँ पहले यह क्षेत्र एक साफ़ स्वच्छ गाँव हुआ करता था, चारों तरफ हरियाली ही हरियाली थी, जिस पर न जाने कितने प्रकार के पक्षियों का बसेरा था। बड़ा जी सा लगता था।

और अब...., इस आदमी के बच्चे ने कॉलोनियां काट-काट कर इसे शहर बना दिया है, और हमारा जीना दूभर कर दिया है। पहले तो हमारे सभी भाई-बंधुओं को ख़तम कर दिया, जमीन को बंजर बना दिया और फिर यहाँ वाहनों का वह प्रदूषण फैला दिया कि हम खुलकर सांस भी नहीं ले सकते।"

दूसरा पेड़ सहमति से बोला, "बात तो तुमने बिलकुल पते की की है। धूल-मिट्टी भी अब तो पहले जैसी स्वच्छ नही रही है, सब प्रदूषित हो गयी है। और तो और, सारा दिन वाहनों की चीख-चिल्लाहट से सिर में दर्द हो उठता है। सच, मैं भी बड़ा परेशान हूँ।"

पहला पेड़ मायूसी से बोला, "दिल तो करता है कि यहाँ से भाग जाऊं, पर हमारी मज़बूरी है कि हम कहीं जा भी नही सकते। इंसान, जिसे हमारी सबसे ज़्यादा ज़रूरत है, वह हमारी परवाह नही करता, और हम इंसानों से दूर रहना चाहते हैं, मगर चल नही सकते।

वाह री क़ुदरत, तेरी माया! अगली बार मौका मिला तो दूर किसी पहाड़ पर ही जन्म लूंगा, मैदानी इलाके में नहीं।"

"मैं भी", दूसरे पेड़ ने सहमती से सिर हिलाया।

...और दोनों मौन हो गए।

****

14

दानशीलता

नए साल के पहले दिन वह सुबह-सुबह अपना नया गर्म स्वेटर पहन कर सैर के लिये निकला, जो उसकी पत्नी ने उसे पिछले रोज़ ही खरीद कर दिया था। रास्ते में बस स्टैंड के पास एक फटेहाल, फुटपाथ पर रहने वाले बूढ़े और कमज़ोर आदमी को जब उसने ठंड से कांपते हुए देखा तो उसका हृदय पिघल गया। उसने अपना वह स्वेटर उसे दे दिया और घर आ गया।

पत्नी को बताया तो उसने कहा, "चलो, एक अच्छे काम से नये साल की शुरुआत हो गयी।" उसे बहुत ख़ुशी मिली।

अगले दिन जब वह सैर करता हुआ पुनः उसी जगह से गुज़रा तो उसने देखा कि वह बूढ़ा और कमज़ोर आदमी, जिसे उसने अपना स्वेटर दिया था, बिना स्वेटर पहने हुए था और आग ताप रहा था। उसके बदन पर अपना दिया हुआ स्वेटर न देख कर उसकी कैफ़ियत बदल गई। उसके मन में एकदम से यही ख़याल आया, 'यह फुटपाथिये भी न बस, ...चाहे इनके लिए कुछ भी कर लो, इन्हें कुछ भी दे दो, ये वही के वही रहेंगे और वहीं के वहीं रहेंगे। ...मेरा नया स्वेटर बेच कर दारु-वारु पी गया होगा या सट्टा खेला होगा, और अब फिर उसी हालत में आ गया है। तभी कोई जल्दी से इनकी मदद नहीं करता। लेता हूं ज़रा इसकी ख़बर...।'

यह सोचते-सोचते वह उस आदमी के पास जा खड़ा हुआ।

"बाबा, कल मैंने जो नया स्वेटर तुम्हे दिया था, वह कहाँ है?" उसने सवाल किया।

उस बूढ़े ने एक तरफ इशारा कर दिया। वहां कोने में एक बीमार-सा आदमी पड़ा था, जिसने उसका स्वेटर पहन रखा था।

बूढ़ा कह रहा था, "बाबू जी, उसे जाड़ा लग गया था, बुखार हो गया था, तो मैंने वह स्वेटर उसे दे दिया। मैं अभी ठीक हूँ, चल जाएगा, पर अगर वह जाड़े और बुखार से मर गया तो...।"

वह अपनी और बूढ़े आदमी की दया और दानशीलता की तुलना करता हुआ वहां से चल पड़ा, 'दानशील कौन...? मैं या वह...।'

****

15

सड़क बन गयी

हम सभी गांववासी सरपंच के पास गली में पक्की सीमेंट की सड़क बनवाने के लिए कई बार इकट्ठा हो कर मिल चुके थे, परन्तु सरपंच साहब हमेशा की तरह टाल-मटोल करते चले आ रहे थे। हम सब बहुत परेशान थे। सड़क के बगैर बड़ी दिक्कत थी। बाकी सब जगह की पक्की सड़कें लगभग बन चुकी थीं।

एक दिन मेरी नज़र पक्की सड़क वाली एक गली के बाहर लगे एक बोर्ड पर पड़ी। बड़े-बड़े अक्षरों में उस पर लिखा था, 'इस सड़क का निर्माण आदरणीय सरपंच श्री बलविंदर सिंह के सहयोग द्वारा सम्पन्न किया गया है।'

...और फिर हमारे मोहल्ले वालों ने मिल कर एक बोर्ड अपनी गली के बाहर टंगवाया। उस बोर्ड पर बड़े-बड़े अक्षरों में लिखा था, 'इस सड़क का निर्माण सरपंच श्री बलविंदर सिंह के असहयोग द्वारा सम्पन्न नहीं किया गया है।'

...कुछ दिनों बाद ही सड़क बन गयी।

****

16

ख़र्चा-पानी

मनोज से मिलने उसका जिगरी दोस्त उसके ऑफिस में आया हुआ था।

"यार, यह तू किस चक्कर में फंसा हुआ है?" दोस्त ने पूछा।

"क्यों क्या हुआ?" मनोज ने कहा।

दोस्त बोला, "मैं जब से यहाँ आया हूं देख रहा हूँ कि तू अपने पास काम करवाने आने वाले हर व्यक्ति की किसी निर्माणाधीन मंदिर की सौ-सौ, दो-दो सौ रुपये की पर्चियां काट रहा है।

कौन सा मंदिर बन रहा है यह जिसमें तेरी इतनी दिलचस्पी है कि जिसके लिए तू इतनी सिरदर्दी ले रहा है?"

मनोज ने हँसते हुए कहा, "अरे यार, बस तू यह समझ ले कि यह अपना रोज़ का ख़र्चा-पानी है।"

"ख़र्चा-पानी? क्या मतलब?"

"अरे यार, अब तुझसे क्या छुपाना, देख ये मंदिर की पर्चियां मैंने यूं ही छपवा रखी हैं। अपने से काम करवाने वालों से थोड़े रुपये निकलवा लेता हूँ। लोगों से वसूली करने में आसानी रहती है, वर्ना झंझट ज्यादा करना पड़ता है, और लोग रिश्वतखोर कहते हैं सो अलग।

इन पर्चियों के सहारे कुछ ख़ुशी से, तो कुछ मन मार कर रुपये दे ही जाते हैं, और अपना ख़र्चा-पानी आराम से चलता रहता है", मनोज ने कहा।

"और अगर पकड़ा गया तो...?" दोस्त ने फिर प्रशन किया।

"मतलब ही नही बनता, जिस मंदिर के नाम की यह पर्चियां हैं, वह यहाँ से इतनी दूर है कि जल्दी से कोई जाँच-पड़ताल नहीं कर सकता। इतना ख़र्चा और इतनी सिरदर्दी कोई क्यों मोल लेगा?

... और अगर चला भी गया तो भी कोई लफड़ा नही। वहां के पुजारी को मैंने पटा रखा है। कभी-कभार उसको भी ख़र्चा-पानी पहुंचा देता हूँ। आख़िर आती लक्ष्मी किसे बुरी लगती है...", कह कर मनोज ज़ोर से हंस पड़ा।

****

17

श्रद्धा

"आओ मोहन बाबू, कैसे हो? बैठो, बैठो," प्रधान कार्यालय के बड़े बाबू सुभाष ने कहा।

"बस ठीक हूँ, आप सुनाएं", मनोज बाबू ने, जो शाखा कार्यालय में थे और किसी काम से प्रधान कार्यालय में आए थे, बैठते हुए कहा।

"अपनी तो भई मजे में कट रही है। अच्छा एक काम था आपसे। वो आपके पास स्टोर में मिट्टी का तेल आता है न, वह चाहिये था थोड़ा सा", बड़े बाबू सुभाष बोले।

"कितना? किसलिए?" मनोज बाबू के मुंह से निकला।

"यही कोई पन्द्रह-बीस लीटर। वो क्या है कि हमारे गुरु जी महाराज आ रहे हैं छब्बीस तारीख को सत्संग के लिए। बहुत बड़ा सत्संग है, बहुत बड़े-बड़े लोग उनके शिष्य हैं, तो लंगर वगैरह भी चलेगा। बस उसी में अपना कुछ योगदान देने के लिए मैंने सोचा कि जो कुछ हो सके उसका जुगाड़ तो करूँ। बस इसलिए आपको कष्ट दे रहा हूँ। मेरी बड़ी श्रद्धा है गुरु जी में, ...आ हा हा हा, क्या प्रवचन करते हैं। आप भी आईयेगा बच्चों के साथ, मैं कार्ड भेजूंगा आपके लिए। आप बस मिट्टी का तेल, जो मैंने कहा है, वह जरूर भिजवा दीजियेगा किसी के हाथ, ...और चाय-ठंडा कुछ लेंगे", सुभाष बाबू ने कहा।

"जी बस शुक्रिया, ...मैं भिजवा दूंगा, ...अच्छा चलता हूँ, नमस्ते", कह कर मनोज बाबू उठ खड़े हुए। वे जानते थे कि तेल न भिजवाने की सूरत में वे उनकी पदोन्नति रुकवा देंगे। मज़बूरी थी, परन्तु उनका मन ऐसी भ्रष्टता से भरी श्रद्धा के लिए घृणा से भर गया था।

****

18

एक नयी शुरुआत

"कहो रघुबीर, इस बार दिवाली का क्या प्रोग्राम है? कैसे मना रहे हो?" सुखबीर ने अपने दोस्त से पूछा।

"क्या दिवाली मनानी है यार, इस महंगाई ने तो सारा मज़ा ही किरकिरा कर दिया है। हर चीज़ में आग लगी हुई है। ऐसे में क्या ख़ाक दिवाली मनाएंगे?" रघुबीर ने मुंह बिचका कर बेचारगी के भाव से कहा।

"इसलिए तो कहते हैं, मिल-बाँट कर खाओगे तो गुड खाने को मिलेगा, नही तो नमक भी नसीब नही होगा," सुखबीर ने हंसकर कहा।

"क्या मतलब?" रघुबीर के मुंह से निकला।

"मतलब यह कि कल हमारे मोहल्ले में सभी ने मिल कर एक मीटिंग कर सर्वसम्मति से यह फैसला किया है कि इस बार हम सभी मिल कर एक साथ, एक ही मैदान में इकट्ठे आतिशबाजी चलायेंगे। इससे सभी लोग कम बजट में कम पटाखों में भी दिवाली का ज़्यादा से ज़्यादा मजा ले सकेंगे। इस बार बाज़ार की घटिया अथवा महंगी मिठाई का बहिष्कार कर हम सभी अपने-अपने घर से अलग-अलग तरह का एक-एक अच्छा और स्वादिष्ट पकवान बना कर लाएंगे और इकट्ठे मिल-बाँट कर खायेंगे और खुशियाँ मनाएंगे। है न सही फैसला", सुखबीर ने चहक कर कहा।

रघुबीर ने भी सहमति से सिर हिला दिया।

****

19

सिर्फ़ तुम

उसे अपने परिवार-वालों के साथ एक रिश्ता देखने कहीं जाना पड़ा था।

उसके रिश्ते की बात चल रही थी। घरवाले शीघ्र ही उसका विवाह कर देना चाहते थे। रिश्ते भी एक से बढ़ कर एक आ रहे थे उसके लिए, परन्तु किसी के लिए भी उसने 'हाँ' नहीं की थी। घरवाले, रिश्तेदार और यार-दोस्त सभी उससे सवाल करते थे कि उसे किस तरह की लड़की पसंद है, पर वह उन्हें कैसे समझाये, कैसे बताये कि उसे किस तरह की लड़की पसंद है, जब कि वह ख़ुद ही नहीं जानता था।

जानता था तो बस इतना कि जिस दिन वह लड़की उसके सामने आएगी वह पहचान लेगा। उसके दिलो-दिमाग़ में बस एक ही बात छाई रहती थी कि लड़की चाहे कैसी भी हो- भले ही ज़्यादा सुन्दर न हो, ज़्यादा पढ़ी-लिखी न हो, ऊँचे ख़ानदान या पैसे वाले घर से सम्बन्ध न रखती हो, शहर की हो या गाँव की, कुछ फ़र्क़ नहीं पड़ता, परन्तु वह अच्छी मानसिकता वाली, और सुख या दुःख- कैसी भी परिस्थिति हो, में ज़िन्दगी भर उसका साथ निभाने वाली होनी चाहिए। इसके बाद यदि उसमें कुछ और गुण हों तो वह उसके लिए 'सोने पे सुहागे' की तरह होगा। परन्तु लड़की का उसके प्रति समर्पण और उसकी मानसिकता ही उसकी पसंद की पहली और अंतिम कसौटी थी, क्योंकि वह ख़ुद इसी स्वभाव का था।

अक्सर वह लड़कियों को देख कर उनके बारे में अनुमान लगाने की कोशिश भी करता था कि वह किस तरह की होगी और उसके साथ उसकी जोड़ी कैसी रहेगी, परन्तु उसे एक भी चेहरा अपने लायक नहीं लगता था। हालांकि वह जानता था कि वे सभी लड़कियां एक से बढ़ कर एक थीं, परन्तु जो लड़की उसे चाहिए थी वह कहाँ है, ...वह अक्सर सोचता था।

चलन के अनुसार, लड़की को चाय-पानी की औपचारिकता के बाद लड़के के पास अकेला बातचीत करने के लिए छोड़ सभी चले गये। थोड़ी देर की ख़ामोशी के बाद उसी ने सवाल किया, "वैसे आपको किस तरह का लड़का पसंद है?"

लड़की बोली, "जो सिगरेट और शराब न पीता हो।"

वह हंसा और बोला, "यह तो खैर सभी लड़कियां चाहती हैं, इसके आलावा...?"

"जो मुझे समझ सके...," लड़की का जवाब था और साथ ही प्रशन भी, "और आपको?"

उसका जवाब था, "सिर्फ तुम।"

****

20

दोषी कौन?

दो दिन बाद बिजली का बिल जमा करवाने की आख़िरी तारीख़ थी, और कल शाम को ही बिल मिला था। समय से बिल जमा न करवाने पर खामखां का जुर्माना देना पड़ता, जो मैं नहीं चाहता था। अत: सुबह नौ बजे ही नजदीकी डाकघर में बिल जमा करवाने पहुँच गया।

देखा कि डाकघर अभी बंद था। दो चार लोग पहले ही खड़े थे। कोई दस मिनट बाद डाकघर का शटर खुला। अब आते ही तो कामकाज शुरू होने से रहा। साफ़-सफ़ाई, धूप-बत्ती, मेज-कुर्सी की सेटिंग की गयी, कंप्यूटर खोला गया, राम-राम, नमस्ते और आपस में चुहलबाजी चलती रही। ...और फिर काम की शुरुआत हुई। तब तक मैं अपने दफ्तर जाने के लिए आधे घंटे से ऊपर लेट हो चुका था। मैं अन्दर ही अन्दर बुरी तरह से खीझ गया था।

अचानक मुझे अपने दफ़्तर में अपनी ख़ुद की सीट का ख़याल आया। वह भी पब्लिक डीलिंग से सम्बंधित थी। ...और मैं अपनी सीट पर नही था। वहां खड़े लोगों की मनोदशा का मुझे बखूबी अंदाजा हो रहा था।

मैं सोच रहा था कि यदि मुझे बिजली का बिल समय से मिल गया होता तो मैं उसे समय से ही जमा करवा देता। ...या फिर यदि मैं यहाँ समय से फ़ारिग हो जाता तो समय से ही अपने दफ़्तर पहुँच कर अपनी सीट का काम निपटा रहा होता।

...मैं समझ नही पा रहा था कि इसके लिए दोषी कौन था- मैं या...?

****

21

तरक्की

"ऊह, क्या हो गया जो आज वह अफसर बन गया? कल तक तो वह हमारे दफ़्तर में ही चपरासी था और हमारे लिए चाय तक बनता था", रमेश ने बुरा सा मुंह बनाते हुए कहा।

"था रमेश बाबू, ...था," विकास बाबू बोले, "पर अब नहीं है। वह उसका अतीत था जो बीत गया। अब वह हमारा अफसर है और हम उसके नीचे काम करेगें। यही सत्य है। आप उसके अतीत की तुलना उसके आज से नहीं कर सकते। फिर आप यह क्यों नही देखते कि वह जी तोड़ मेहनत करके कहाँ से कहाँ पहुँच गया है, ...और, ...हम हैं जो, ...वहीं के वहीं हैं।"

...रमेश के पास इसका कोई उत्तर नहीं था।

****

22

दिशा

चमकीला मखमली सूट पहने, अच्छा ख़ासा मेकअप किए और खुले बाल बनाये हुए एक औरत जो तीस-पैंतीस साल की उम्र की थी, मेरे चैम्बर में दाखिल हुई। मेरी पोस्टिंग अभी दो महीने पहले ही इस शाखा में हुई थी। अत: मैं उस औरत को नहीं जानता था।

उस औरत को मेरे पास भेजा गया था, कुछ फॉर्म वगैरह पर उसे मेरे हस्ताक्षर करवाने थे। मैंने उसे अपने क्लर्क के पास भेजा, जिसने फॉर्म जांच कर मेरे हस्ताक्षर करवाए और फॉर्म उसे सौंप दिए।

उसके चले जाने पर उत्सुकतावश मैंने अपने क्लर्क से उस औरत के बारे में पूछा, तो वह कहने लगा, "साहब, यह हमारे यहाँ ही काम करने वाले चपरासी रामदीन की बीवी है, जो बीमारी से चल बसा था। उस बेचारे को मरे हुए अभी छ: महीने ही हुए हैं और यह तब से ऐसे बनी-संवरी घूमती है जैसे कुछ हुआ ही न हो। इसे कोई शर्म-हया या लोक-लाज नही है। एक दो बार किसी ने टोका भी तो कहने लगी, 'मेरे मर्द की मौत हुई है तुम्हें क्या? मैं शोक मनाऊं या ख़ुशी? मेरी ज़िन्दगी है, मैं जैसे मर्ज़ी जीऊँ, जो मर्ज़ी करूँ तुम्हे क्या?'- फिर कभी किसी ने इसे कुछ भी नहीं कहा...।"

वह बता रहा था...

...और मैं मन ही मन यह फैसला नहीं कर पा रहा था कि यह नारी किस दिशा में जा रही है- गलत या सही?

****

23

पेट

पति-पत्नी दोनों सर्दी की दोपहर को पार्क में एक बैंच पर आराम से बैठे हुए धूप का आनंद ले रहे थे। उनकी आँखों के सामने थोड़ी दूरी पर ही उनके दोनों बच्चे खेल रहे थे। खेलते-खेलते उन्हें थोड़ी भूख लगी तो वह अपने मम्मी-पापा के पास आये और खाने के लिए कुछ मांगा। पत्नी ने उन्हें बिस्कुट के पैकेट में से कुछ बिस्कुट निकल कर दे दिए। बच्चे फिर से खेलने में मस्त हो गये।

पास ही एक कुत्ता बैठा हुआ था, जो टुकुर-टुकुर पति-पत्नी की तरफ ताक रहा था, इस उम्मीद से कि उसे भी कुछ खाने को मिलेगा। पत्नी ने उसे इस तरह देखते देख तुरंत दो बिस्कुट उसकी तरफ उछाल दिए। कुत्ता झट से बिस्कुट खा गया और फिर उसी तरह उनकी तरफ देखने लगा।

पति ने कहा, "रहने दो, नहीं तो यह पीछे ही पड़ जायेगा, यहाँ से जायेगा नहीं।"

पत्नी बोली, "क्या करें, पेट तो सभी के ही लगा है"

...यह कहकर उसने एक बिस्कुट और उस कुत्ते की तरफ उछाल दिया।

****

24

तौबा

वह ट्रेन पकड़ने के लिए आज सुबह पांच बजे ही घर से स्कूटर पर निकल पड़ा था। रास्ते में पड़ते मंदिर की सीढ़ियों पर उस शख्स को देख का वह चौंक पड़ा।

वह मोहिंदर था। वह मोहिंदर जो सरकारी महकमे में था और जो बिना घूस लिए कोई काम नही करता था, चाहे उसका कोई अजीज़ ही क्यों न हो। इस असूल का वह पक्का था। शराब-कबाब और शबाब उसकी कमज़ोरी थी। दिन-रात यही दौर चलता था।

यूनियन का नेता भी था, इसलिए कोई उसे कुछ कहता भी नही था। फिर साम-दाम-दण्ड-भेद जैसे अस्त्र-शस्त्र भी उसके पास थे। हालांकि घर पर उसकी अपनी तीन लड़कियां थीं, जिनकी अभी शादी होनी थी, बावजूद इसके अभी भी उसका वही पुराना दस्तूर जारी था। अभी कल शाम ही को तो उसने अपने एक जानकार व्यक्ति के साथ उसे खाते-पीते देखा था।

ऐसे शख्स को सुबह-सुबह मंदिर में माथा टेकते हुए निकलते देख कर उसका चौंकना स्वाभाविक ही था। कुछ देर वह अजीब सी कैफ़ियत में रहा। फिर उसके मुंह से बरबस ही निकल पड़ा, "वाह री दुनिया, वाह रे लोग।"

वह सोचने लगा कि यह श्रद्धा है या मजाक। फिर अचानक उसे एक गाना याद आ गया और वह उस गाने को गुनगुनाता, मुस्कुराता, कुछ सोचता हुआ आगे निकल गया,

"रात को पी सुबह को तौबा कर ली, इसी तरह से बसर हमने ज़िन्दगी कर ली।"

******

25

कथनी-करनी

सरकारी विभाग के कुछ कर्मचारी रेलगाड़ी में यात्रा कर रहे थे। सामान्य बातचीत होते-होते बात विभाग में पैर जमा चुकी ठेकेदारी प्रथा पर पहुच गयी।

एक यूनियन के नेता जी भी बीच में बैठे थे। उन्होंने ठेकेदारी प्रथा के खिलाफ जम कर मोर्चा खोल दिया और बोले, "ठेकेदारी प्रथा देश को खोखला कर रही है। यह सभी मजदूर भाईयों के शोषण का एक तरीका है। हमारे हाईकमान नेता इसके खिलाफ़ लड़ रहे हैं और वह चाहते है कि इस लड़ाई में आप सब कर्मचारी भाई भी हमारा साथ दें, ताकि सरकार द्वारा चलायी जा रही ठेकेदारी प्रथा को ख़तम कर सरकार को मुंह-तोड़ जवाब दिया जा सके...।"

तभी एक कोने से आवाज आई, "पर नेता जी, आपके उस हाईकमान नेता का बेटा तो ख़ुद आपके विभाग में ही ठेकेदार है, ...उसका क्या?"

...नेताजी ने मौन व्रत ले लिया।

****

26
जैसे को तैसा

ट्रेन के दरवाज़े पर हैंडल पकड़ कर एक आदमी लटका हुआ था। ट्रेन धड़धड़ाती हुई जा रही थी। दूसरे आदमी ने उसे यूँ लटकते देखा तो उससे रहा न गया, "लटक क्यों रहा है, अन्दर आ जा।"

"क्यों क्या हुआ?" लटके हुए आदमी ने जवाब दिया।

"गिर जायेगा, ...मर जाएगा", दूसरा आदमी बोला।

"मरूँगा तो मैं मरूँगा, ...तुझे क्या?" पहले ने ढीठता और धृष्टता दिखायी।

"मुझे क्या? और ओर किसी को भी क्या? तेरी मर्ज़ी है भई! पर हमारी ट्रेन लेट हो जाएगी, ...और कुछ नहीं, बस इसलिए कहा", आगे से वैसा ही रूखा जवाब मिला।

****

27

उपयोगिता

"क्या बात है सुरेश भाई, आज दफ़्तर में हाज़िरी बहुत कम है, आधा स्टाफ नदारद है, ...क्या कोई ख़ास बात है?" दफ़्तर में घुसते ही मोहन ने अपने सहकर्मी से पूछा।

"ख़ास ही समझो। शहर के सभी पैट्रोल-पंप मालिकों ने हड़ताल कर दी है। जो किसी तरह दफ़्तर आ सकते थे, या जिनके घर पास ही हैं, आ गये हैं और जिनके पास कोई जुगाड़ नही उन्हें छुट्टी करनी पड़ी है। इसलिए दफ़्तर में आज हाज़िरी बहुत कम है", सुरेश ने बताया।

"वैसे तुम बढ़िया हो जो साइकिल से ही दफ़्तर आते-जाते हो। आज जहाँ सभी लोग पेट्रोल की वजह से परेशान है, तुम जैसे लोग जो साइकिल से ही आते-जाते हैं, उन्हें कोई चिंता नही है। ...और देखो न, बचत की बचत और सेहत भी बरकरार। और सबसे बड़ी बात कि पर्यावरण को नुक्सान न पहुंचाकर, पर्यावरण की रक्षा में, जो सच्चे एवं समझदार नागरिक की भूमिका निभा रहे हो वह अलग। काश! सभी लोगों को यही आदत होती।"

उसकी बात सुन कर मोहन मुस्कुरा दिया। उसके साथी उसे अक्सर साइकिल पर आने-जाने को लेकर चिढ़ाते रहते थे और उसे कंजूस भी कहते थे। परन्तु आज उसका साइकिल पर आना 'सौ सुनार की एक लोहार की' की तरह था।

...उसकी साइकिल की उपयोगिता सिद्ध हो चुकी थी।

******

28

प्रण

सोसाइटी के सभी लोग इकट्ठा थे।

मिश्रा जी बोले, "बाप रे, क्या गर्मी पड़ रही है, ...तापमान कितना बढ़ गया है।"

वर्मा जी ने बात आगे बढ़ाई, "हां, और इस बार तो बरसात भी नहीं हुई। बिजली-पानी की भी कितनी परेशानी हो रही है।"

यादव जी ने टिप्पणी की, "यह सब 'ग्लोबल वार्मिंग' की वजह से हो रहा है।"

इसी प्रकार की बातचीत चल रही थी।

यकायक शर्मा जी ने पूछा, "आप सबके कितने-कितने बच्चे हैं?"

"क्या शर्मा जी, आपको तो पता ही है, किसी का एक है तो किसी के दो बच्चे। इससे ज्यादा तो आजकल मूर्खता है", मिश्रा जी बोले।

शर्मा जी मुस्कुराये, "बच्चों के मामले में तो सभी ने समझदारी से काम लिया है, क्योंकि जानते हैं कि एक या दो बच्चों से ज्यादा ठीक नहीं हैं। परन्तु पर्यावरण के मामले में हममें से किसी ने भी समझदारी नहीं दिखाई और न ही कभी ध्यान दिया।"

"क्या मतलब", वर्मा जी बोले।

शर्मा जी ने आगे कहा, "एक सूक्ति है- 'बच्चे दो और पेड़ पचास', मगर हमने तो आज तक पांच पेड़ भी नहीं लगाए होंगे, बल्कि काट ही रहे हैं। ...और उसके परिणाम भी हमारे सामने हैं। ग्लोबल वार्मिंग, अति गर्मी, अति सर्दी, बरसात का न होना- वगैरह-वगैरह सभी इसी की वज़ह से ही तो हैं। आगे-आगे तो और भी भयंकर परिणाम सामने आएंगे जिनकी अभी हमने कल्पना भी नहीं की है।"

सभी का एक ही प्रशन था, "फिर क्या किया जाना चाहिए?"

"कुछ नही, बस आज ही से हम सभी सोसाइटी वाले प्रण लेते हैं कि एक 'पेड़ लगाओ अभियान' चलाएंगे और अधिक से अधिक पेड़ लगा कर अपनी धरती को हर-भरा करेंगे। फिर देखना चमत्कार...। और हाँ, उनकी अपने बच्चों की तरह ही देखभाल भी करेंगे।"

...सभी ने सहमति से अपना सर हिला दिया। उनके चेहरों पर एक नई चमक थी।

****

29
लातों के भूत

रमेश ने बड़ी मिन्नतें-तरले किये, अपनी मज़बूरी बताई, पर साहब ने उसकी छुट्टी मंज़ूर नहीं की और कहा, "स्टाफ की कमी है। तुम्हारी छुट्टी किसी भी कीमत पर मंज़ूर नहीं की जा सकती।"

तभी दरवाज़ा खुला और दबंग नेता नरसिंह अंदर दाखिल हुआ। वह रमेश का ही सहकर्मी था। उसने भी अपनी छुट्टी की अर्ज़ी टेबल पर रख दी।

साहब छुट्टी की अर्ज़ी देख कर बोले, "मैं तुम्हारी छुट्टी भी नहीं कर सकता। बड़े साहब ही करेंगे अगर की तो।"

"क्यों, आप क्यों नहीं?" नरसिंह बोला।

"भई स्टाफ की कमी है और क्या," साहब बोले।

"करनी है या नहीं करनी है मुझे नहीं पता, मुझे बस इस पर रिमार्क्स दे दो। ...और जल्दी करो। बाहर स्टाफ खड़ा इंतज़ार कर रहा है। अभी वो जो स्टोर में कार्यालय अधीक्षक है राम किशोर, उसकी पिटाई करने जाना है," नरसिंह ने लापरवाही से कहा।

इतना सुनते ही साहब के हाथ ख़ुद-ब-ख़ुद कलम की तरफ बढ़ गये और उन्होंने उसकी छुट्टी स्वीकृत कर दी।

अब रमेश खड़ा-खड़ा सोच रहा था, 'सही कहा है सयानों ने, लातों के भूत...।'

******

30

इंतज़ार

कार्यालय के किसी काम से ही उसे आज अपने अधिकारी की कोठी में जाना पड़ गया था। अधिकारी बड़े थे और वह कार्यालय में कार्यरत एक अदना-सा कर्मचारी, तो उसे बड़े साहब का हुक्म हुआ कि कुछ देर के लिए इंतज़ार किया जाए।

'बड़े साहब हैं- कब मिलेंगे, क्या पता? ...फिर मिलेंगे भी या नहीं?' और वैसे भी, उसने सुना था कि यह वाले साहब कुछ ज़्यादा ही इंतज़ार करवाते हैं अपने अधीनस्थों को। 'अब पता नहीं सच में ही व्यस्त रहते हैं या व्यस्त रहने का नाटक करते हैं। हर एक की अपनी-अपनी दिनचर्या और काम करने का ढंग है। कोई काम को जल्दी निपटाने की करता है, तो कोई लटकाने की। अब साहब हैं, और वह भी बड़े, तो भला कोई क्या कह या कर सकता है, और वह भी उस जैसा छोटा कर्मचारी।' अतः वह इंतज़ार करने के लिए बैठ गया। ...और करता भी क्या...।

पर इंतज़ार तो इंतज़ार ही है। ...और इंतज़ार तो सभी को खलता है। ...उसे भी खल रहा था। उसे बाहर लॉन में बिठाया गया था, जो काफी बड़ा था— बड़े साहब की तरह ही। उसने यूं ही इधर-उधर नज़रें घुमानी शुरू कर दीं। एक नज़र में उसने लॉन को चारों तरफ से देखा। खूबसूरत लॉन था— सुन्दर फूलों और बढ़िया पौधों वाला। उसे प्रकृति से बड़ा प्यार था, परन्तु शहरी माहौल में उस जैसे कर्मचारी को कहां इतना समय कि वह अपने चारों तरफ की प्रकृति को ध्यान से देख भी सके। फिर उसके आसपास जहाँ वह रहता था, कोई पार्क भी तो नहीं था। कंक्रीट का जंगल था बस— वही सुबह वही शाम। ज़ोर मार कर वह कभी-कभार शहर के एकमात्र पार्क, जो घर से काफ़ी दूर था, में जा कर थोड़ा-बहुत घूम कर अपने आपको खुश कर लेता था।

परन्तु यह लॉन तो काफी अच्छा था।

'साहब ने अच्छे पैसे और मज़दूर लगा कर बड़ी खूबसूरती से इसका रखरखाव किया हुआ है। और हो भी क्यों न? सरकारी बंगला है, वह भी इतना बड़ा, आमदनी अच्छी है सब तरफ से और सरकारी कर्मचारी भी घर पर काम करने के लिए चाहें जितने बुलवा लें एक ही आवाज पर, कोई कमी नहीं। मजाल है कि कोई न कर दे, तुरंत सस्पेंड या फिर तबादला। और तबादले से बुरी सज़ा तो किसी के लिए कोई और हो ही नहीं सकती। एक ही आदेश से कर्मचारी की सारी ज़िन्दगी लगभग तबाह। आजकल एक जगह ही जमना इतना मुश्किल है, तो दूसरी-तीसरी जगह जा कर तो क्या हाल होता होगा?' सोच कर ही एक बार तो वह भी घबरा-सा गया।

वह सोच रहा था और लॉन को फिर एक नज़र फेर कर देखता जा रहा था। फिर उसकी नज़र एक पौधे पर जा टिकी, जिस पर छोटे-छोटे, मगर बड़े प्यारे और सुंदर फूल लगे हुए थे। वह सोच रहा था, "अगर कोई इन फूलों की तुलना करेगा तो किससे करेगा- छोटे-छोटे, प्यारे-प्यारे मासूम से बच्चों से या किसी सुन्दर और मासूम, यौवन से भरपूर किसी युवक या युवती से।'

यकदम वह हंस पड़ा ...जवाब जैसे उसके पास ही था, '...उम्रदराज़ लोग बच्चों से, किशोर और युवा किसी युवक या युवती से।'

वह उसी पौधे और उस पर लगे फूलों को एकटक निहारने लगा, जैसे उनका सूक्ष्म निरीक्षण कर रहा हो। ऐसा करते हुए उसे बड़ा सुकून और आनंद मिल रहा था। उसे ऐसा लगने लगा कि जैसे वक़्त रुक गया है और वक़्त के साथ वह भी। ऐसा उसने शायद पहले कभी महसूस नहीं किया था। वह भी उस पौधे के साथ एक पौधा ही बनता जा रहा था। वह प्रकृति में पूरी तरह खो चुका था।

...बड़े साहब जितनी मर्जी देर लगाएं, अब उसे कोई फर्क नहीं पड़ना था। उसका इंतज़ार अब इंतज़ार नहीं रह गया था। अब यह इंतज़ार उसके लिए फुर्सत की घड़ी बन चुका था।

****

31

पैबंद

वह सरकारी पेंटर था और अक्सर उसे उसके इंचार्ज द्वारा कहीं न कहीं बेगार पर भेजा जाता था। आज भी उसे अपने इंचार्ज के दोस्त के घर उसकी नयी मोटरसाइकिल की नंबर प्लेट लिखने के लिए भेजा गया था। उसे ऐसे कामों से थोड़ी चिड़-सी थी।

वह सोच रहा था, 'सरकार उसे लगभग डेढ़ हज़ार रुपए रोज़ का वेतन देती है, और यह लोग उसे अपने सौ-दो सौ रुपए बचाने के चक्कर में उसका पूरा दिन लगवा कर सरकार को चूना लगवा देते हैं, ...पर उसे तो नौकरी करनी है, उसे क्या? ...फिर मैं कर भी क्या सकता है? मना करने पर चार्जशीट या तबादला।'

अचानक उसे हंसी आ गयी और साथ ही मुंह से गाली भी निकल गयी, यह सोच कर..., 'साले अस्सी-नब्बे हज़ार रुपए का मोटरसाइकिल खरीद लेंगे, पर सौ-दो सौ रुपए की नंबर प्लेट के लिए सरकारी पेंट और सरकारी पेंटर ढूँढेंगे, जो लिखने के बाद कुछ ही दिन चलेगी, जंचेगी भी नहीं और दोबारा फिर लिखवानी पड़ेगी। यह तो वह बात हुई कि कोई नया और महंगा सूट पहने, मगर साथ में पुराने या पैबंद लगे जूते पहन ले। ... धत्त तेरे की...।'

******

32

अनोखी वसीयत

...रामसहाय जोशी जी ने प्राण त्याग दिए, अपने ही घर में।

उस घर में जिसे उन्होंने बड़े ही प्यार, कड़ी मेहनत, लगन, निष्ठा एवं खून से सींच कर बनवाया था। कैसे-कैसे उन्होंने यह घर बनवाया था और कैसे-कैसे उनके दिल में अरमान थे, बस वही जानते थे।

उनके चार बेटे थे और उन चारों के रहने के लिए उन्होंने चार अलग अलग कमरों के सेट बनवा रखे थे। परन्तु चारों ही उनसे, यानी इस घर से दूर, अपने अपने काम-धंधों एवं नौकरी इत्यादि में अत्यंत व्यस्त थे। कोई लड़ाई-झगड़ा, मन-मुटाव या वैर-विरोध नहीं था, परन्तु इसे जोशी जी का दुर्भाग्य ही कहेंगे कि वे चारों कभी भी एक साथ अपने परिवारों सहित इकट्ठे जोशी जी के साथ नहीं रहे।

पत्नी पहले ही जा चुकी थी और जोशी जी की बड़ी तमन्ना थी कि उनका पूरा परिवार एक साथ एक ही समय इस घर की छत के नीचे रहे। पर यह इच्छा अपने दिल में ही लिए हुए वह इस दुनिया से चले गए थे।

आज उनकी वसीयत पढ़ी जानी थी। घर के सभी सदस्य मौजूद थे। सभी जानते थे कि बाबू जी की असली संपत्ति उनका घर ही था। बाकी सब तो वह पहले ही अपने बच्चों यानी बेटों की पढ़ाई-लिखाई और उनका भविष्य संवारने में लगा चुके थे। वैसे आज के समय के हिसाब से तो घर भी अच्छी-खासी कीमत का था, अत: सबमें उस घर को ले कर एक उत्सुकता थी।

वसीयत पढ़ी गयी। जोशी जी ने वसीयत में लिखा था, "मेरे मरने के बाद इस घर पर मेरे चारों बेटों का बराबर का अधिकार रहेगा। वे यहाँ पर जैसे चाहें रह सकते हैं, परन्तु न तो वे इसे किसी दूसरे को किराए इत्यादि पर देंगे, न ही इसका व्यवसायिक इस्तेमाल करेंगे और न ही बेचने के हक़दार होंगे। यदि वे ऐसा करते हैं

तो उनका मालिकाना हक़ ख़त्म हो जाएगा और यह घर सरकार को अनाथ आश्रम, विधवा आश्रम अथवा वृद्ध आश्रम के लिए दे दिया जाएगा।"

...इस अनोखी वसीयत पर सभी चकित थे।

...शायद राम सहाय जोशी जी जीते जी न सही, मरने के बाद ही सही, अपने पूरे परिवार को एक ही समय अपने घर में इकट्ठा देखने की अपनी अंतिम इच्छा पूरी करना चाहते थे।

****

33

अंगूर खट्टे हैं

वह और उसकी पत्नी शाम को लॉन में बैठे चाय पी रहे थे।

सामान्य बातचीत होते-होते बात महंगाई पर छिड़ गयी।

उनका परिवार मध्यमवर्गीय परिवार था। परन्तु जिस तरह से महंगाई ने एकदम आसमान का रुख़ किया हुआ था, लगता था कि वह अभी आसमान से भी ऊपर जाएगी। पत्नी ने उसे बाज़ार की सारी जानकारी देनी शुरू कर दी और बताया कि किस तरह से सारे फल, सब्ज़ियां और दालों के दाम दिनोंदिन बढ़ते जा रहे हैं, ...हर चीज़ हाथ से निकलती जा रही है और उसे खरीदना उनके बस की बात नहीं रही।

अंत में पत्नी बोली, "हमारे लिए तो अंगूर खट्टे हैं भई।"

न चाहते हुए भी उसे हँसी आ गयी, उसका लहज़ा व्यंग्यात्मक था, "हमारे लिए तो क्या, कुछेक को छोड़कर अंगूर तो सभी के लिए खट्टे हैं।"

****

34

भाई

मैं बस स्टैंड पर खड़ा बस का इंतज़ार कर रहा था। इतने में मुझे एक दस-बारह साल का लड़का दिखा जो मेरे पास खड़ी एक बस में बैठे लोगों से हाथ फैलाए भीख मांग रहा था।

एक आदमी पकौड़े खा रहा था। उसने खाते-खाते एक पकौड़ा उस लड़के के हाथ पर धर दिया। लड़के ने झट से वह पकौड़ा अपनी ऊपर की जेब में डाल लिया। मुझे बड़ी हैरानी हुई।

जैसे ही वह मेरे पास से गुज़रा, मैंने उसे पुकारा और पांच रुपये का सिक्का पकड़ाते हुए पूछ ही लिया, "बेटा यह पकौड़ा तुमने जेब में क्यों डाल लिया, खाया क्यों नही?"

वह सकपकाया, फिर बोला, "यह मेरे भाई के लिए है।"

"भाई के लिए क्यों?" मैंने फिर सवाल किया।

वह बोला, "क्योंकि वह अभी छोटा है, मांग नही सकता न, इसलिए।"

उस छोटे से लड़के का अपने भाई के प्रति स्नेह देख कर मैं मन मुग्ध रह गया।

****

35

दोष

सुरेश अपने परिवार के साथ अपने लिए लड़की देखने गया हुआ था। अच्छी-खासी आवभगत के बीच एक परिवार का दूसरे परिवार के साथ परिचय हुआ और फिर सामान्य बातचीत आरम्भ हो गई। लड़के वालों ने लड़के की और लड़की वालों ने लड़की के बारे में संक्षिप्त जानकारी दी।

थोड़ी देर में लड़की को भी लाया गया और फिर चाय-पानी हुआ। लड़की अच्छी पढ़ी-लिखी, सुन्दर और सुशील थी। घर का सारा कामकाज भी अच्छी तरह से जानती थी, और सबसे बड़ी बात यह कि वह एक अच्छे सरकारी संस्थान में सेवारत थी।

उसमें सभी गुण ही थे, सिर्फ़ एक मामूली से शारीरिक दोष के। वह एक पैर से पोलियोग्रस्त थी और मामूली-सा लंगड़ा कर चलती थी, जिसका सामान्यतया पता नही लगता था, जब तक की उस पर अधिक गौर न फरमाया जाए। वैसे ऐसा ही दोष सुरेश के बाएं हाथ में भी था।

कुछ ही देर बाद लड़के-लड़की को बातचीत के लिए अकेला छोड़ दिया गया। दो-चार सामान्य से सवाल-जवाब के बाद अचानक लड़की ने पूछा, "क्या आप और आपके परिवार वाले मुझे अपना लेंगे?"

सुरेश को लगा जैसे उसके सिर पर किसी ने बड़े ज़ोर से हथौड़े से वार कर दिया हो। उसका मन भर आया, 'यह लड़की इतनी पढ़ी-लिखी, सुन्दर और सुशील है। इतनी अच्छी सरकारी सेवा में है, और मुझसे तो ज़्यादा ही वेतन पाती होगी, ...फिर मुझमें भी तो ऐसा ही शारीरिक दोष है।

बावज़ूद इसके यह लड़की होने, और मामूली से शारीरिक दोष होने के कारण ही कितनी हीनभावना से ग्रस्त है और स्वयं को कितना असुरक्षित महसूस कर

रही है। जब इसकी यह हालत है तो उन बेचारी अनपढ़ या कम पढ़ी-लिखी और अधिक विकलांग लड़कियों की क्या मानसिक हालत होती होगी, इसका तो अंदाज़ा भी नहीं लगाया जा सकता।'

उसके रुंधे गले से सिर्फ इतना ही निकल पाया, "क्यों नहीं...।"

****

36

पसंद

इस रिश्ते से सभी हैरान थे। किसी को यकीन ही नहीं हो रहा था कि लड़के और उसके परिवार वालों ने रिश्ते के लिए हाँ कर दी थी। ख़ुद पूजा को भी कहाँ यकीन हो रहा था। उसे लग रहा था कि यह सब झूठ है, भ्रम है, कोई मायाजाल या कोई सपना है। भला उस जैसी गहरे सांवले रंग और साधारण नैन-नक्श वाली लड़की को सूरज जैसा सुन्दर और पढ़ा-लिखा लड़का कैसे पसंद कर सकता है? परन्तु सभी के सामने घर वालों की सहमति से स्वयं सूरज ने अपने मुँह से रिश्ते के लिए हाँ कही थी। सबसे अचम्भे की बात तो यह थी कि रिश्ता लड़के वाले ख़ुद लेकर आए थे। उन्होंने किसी प्रकार का दान-दहेज लेने से भी मना कर दिया था, बल्कि वे तो शादी भी जैसे लड़की वाले चाहें करने के लिए तैयार थे।

पूजा का मन शंका से भर उठा। वह सोचने लगी, 'कहीं ऐसा न हो कि उसके और उसके परिवार वालों के साथ कोई धोखा हो या कुछ अनहोनी घट जाए?'

इससे पहले भी उसके लिए कई रिश्ते देखे गये थे। कई लड़के और उनके परिवार वाले उसे देखने घर भी आये थे, परन्तु किसी ने उसे रंग-रूप के कारण अस्वीकार कर दिया था, तो किसी ने दहेज ही इतना माँगा कि जिसे देना उसके परिवार वालों के बस से बाहर था। परन्तु यहाँ तो ऐसा कुछ भी नही था। अब वह करे तो क्या करे? कैसे अपनी शंका को दूर करे?

आखिर बहुत सोच विचार के बाद उसने सीधे सूरज से मिलने और उससे बात करने का फैसला किया। अपनी सहेली के द्वारा उसने सुशील का फ़ोन नंबर लिया और उसे फ़ोन कर शहर के एक रेस्तरां में मिलने को कहा। नियत समय पर वे दोनों एक दूसरे के आमने-सामने थे।

हैल्लो-हाय और एक दूसरे के परिवार वालों की कुशलक्षेम पूछने के बाद वह सीधे अपनी बात पर आ गयी, "सूरज जी, मुझे सिर्फ यह जानना है कि आपको एक से एक खूबसूरत और पढ़ी-लिखी लड़की मिल सकती थी, फिर भी आपने मुझ जैसी लड़की से शादी के लिए क्यों हामी भर दी?"

सूरज मुस्कुरा दिया, "क्योंकि मुझे सिर्फ़ तुम जैसी लड़की पसंद है और मेरे परिवार वालों को भी।"

"ऐसा क्यों?" यही तो वह जानना चाहती थी।

"देखो पूजा, तुममें क्या कमी है? सिर्फ यही न कि तुम्हारा रंग गोरा नहीं है और तुम लोगों को ज्यादा सुन्दर नहीं लगतीं। मगर मैंने तुम्हारे बारे में सब पता किया था, रिश्ता पक्का करने से पहले कि तुम बहुत समझदार, मिलनसार और हंसमुख हो। घर के बड़ों का आदर-मान करना और उनका ख़याल रखना बखूबी जानती हो। घर के कामकाज में निपुण हो, ...और ख़ासकर खाना तुम बहुत अच्छा बनाती हो, जो मुझे बहुत पसंद है। साहित्य और संगीत में तुम्हारी रूचि तुम्हारी विद्ता को दर्शाती है। इसके अलावा और भी कई छुपे हुए गुण हैं तुममें जो मैं और दूसरे लोग तो क्या, शायद तुम भी नहीं जानती होगी। इन सबसे भी बड़ी बात यह कि तुम मन से बहुत सुन्दर हो। ...और सूरज कुमार को तो भई इसी तरह की लड़की पसंद है।"

फिर वह थोड़ा गंभीर हो गया, "मूर्ख ही हैं वे लोग जो तुम जैसी गुणवान लड़कियों को सिर्फ रंग-रूप की वज़ह से अस्वीकार करके चले जाते हैं। खैर, पसंद अपनी-अपनी, ख़याल अपना-अपना। वैसे इसमें भी मेरे जैसों का ही फ़ायदा है, जो तुम जैसा हीरा हम जैसों के हाथ लग जाता है, वर्ना शायद पत्थरों से ही ख़ुश रहना पड़े...।" फिर शरारती अन्दाज में आँखें मटकाते हुए बोला, "वैसे फिगर तो तुम्हारा भी कुछ कम नही है...।"

"धत्! बेशर्म कहीं के", कह कर पूजा ने लज्जा से अपना सिर झुका लिया। उसकी आशंका के सारे बादल छंट चुके थे और भविष्य का सुनहरा सूरज उसके सामने था।

****

37

ऐब

"बीड़ी-सिगरेट पीते हो?"

"नहीं।"

"तम्बाकू खाते हो?"

"नहीं, नहीं।"

"दारु पीते होंगे?"

"नहीं, बिलकुल नहीं।"

"मीट, मछली, अंडा वग़ैरह?"

"नहीं, यह भी नहीं।"

"यानी आपको कोई ऐब नही है?"

"नहीं, कोई नहीं, आज तक मैंने इनमें से कोई ऐब नहीं किया।"

"ऐसा कैसे हो सकता है? ऐसे घोर कलयुग में भी बिना ऐब के कोई कैसे रह सकता है?"

"हो सकता है, सब कुछ हो सकता है।"

"वह कैसे?"

"अगर तुम एक ऐब को न पालो तो तुम्हें कोई ऐब नही लग सकता।"

"वह क्या?"

"रिश्वत और दूसरों का हक़ मारना।"

******

38

विकल्प

रघुनन्दन सहाय आज अपनी पुलिस की नौकरी से सेवानिवृत हो गये थे। इसी उपलक्ष्य में विभाग द्वारा उनको विदाई पार्टी दी जा रही थी। पार्टी के मुख्य अतिथि जाहिर तौर पर उनके विभाग के विभागाध्यक्ष ही थे। रघुनन्दन सहाय हैड कांस्टेबल के पद पर से सेवानिवृत हुए थे, जो कोई ऊँचा ओहदा नहीं था, परन्तु वह सदा अपने सहकर्मियों एवं अफ़सरों में तालमेल बना कर चलते थे, एवं कभी किसी से उनका झगड़ा नही हुआ था। अत: वह एक अच्छे पुलिसकर्मी की छवि ले कर आज सेवानिवृत हुए थे। सभी ने उनके सम्मान में उनके बारे में अच्छा ही कहा। अंत में उनके विभागाध्यक्ष, जो अभी ज्यादा उम्र के नहीं थे, खड़े हुए और रघुनन्दन सहाय से बोले, "रघुनन्दन जी, आपने पुलिस की चालीस साल तक सेवा की है। मेरी तो अभी आधी भी नही हुई। मैं चाहूँगा कि आप मुझे और यहाँ बैठे सभी लोगों को अपनी इन चालीस बरसों की सेवा का सार बताएं।"

रघुनन्दन सहाय उठ खड़े हुए और बोले, "जनाब माफ़ कीजिएगा, परन्तु मुझे कहना पड़ रहा है कि इतने बरसों की सेवा में मैंने सिर्फ एक ही बात अनुभव की, देखी, सीखी और उसे अपनाया भी, कि कोई भी पुलिस वाला, चाहे वह कर्मचारी है अथवा अफसर, पुलिस में सिर्फ तभी नौकरी कर सकता है यदि वह अपने से ऊपर वालों का हुक्म बजाता है। यही सच है और यही मेरे चालीस बरसों की नौकरी का राज भी। पुलिस वालों के पास और कोई विकल्प नहीं होता।" वहां मौजूद सभी कर्मियों एवं अफसरों ने जोरदार ताली बजा दी।

...शायद कोई भी रघुनन्दन सहाय के कहने का अभिप्राय एवं दर्द समझ नही पाया था।

****

39

मानसिकता

जैसे ही मैंने अपने दोस्त के घर कदम रखा तो देखा कि पानी का नल खुला हुआ था और पानी अविरल बहे जा रहा था, हालांकि मेरा दोस्त पास ही कुर्सी पर बैठा था। मैंने कहा, "घनश्याम क्या बात है भई, यह नल क्यों खुला छोड़ रखा है, पानी यूँ ही बहे जा रहा है?"

उसने लापरवाही से उत्तर दिया, "बहने दे न यार, अपना कौन सा बिल आ रहा है।"

मुझे बहुत बुरा लगा, परन्तु संयम से कहा, "वह तो ठीक है पर एक बात है जो शायद तुझे ध्यान में नहीं है।"

"वह क्या?" उसने पूछा।

मैंने कहना शुरू किया, "यह तो तुझे पता ही है कि प्यासे को पानी पिलाना कितना बड़ा पुण्य माना जाता है। दुश्मन भी अगर आकर पानी मांगे तो उसे पानी ज़रुर दिया जाता है।"

घनश्याम ने हामी भरी, "हाँ भई, यह तो हमारी परम्परा है।"

मैंने आगे कहा, "और तुझे यह भी पता है कि गर्मियों में लोग रुपये इकट्ठे कर पानी की छबीलें लगवाते हैं ताकि राह चलते प्यासे लोगों को पानी पिला कर पुण्य कमा सकें।"

"हाँ जानता हूँ", वह बोला।

"तो फिर तू इतनी बड़ी गलती कैसे कर रहा है?" मैंने प्रशन किया।

वह चौंक पड़ा, "गलती, कैसी गलती? मैंने तो कोई गलती नही की?"

मैं मुस्कुरा दिया, "यही तो सबसे बड़ी गलती है कि तुझे जरा भी ज्ञान नहीं कि तूने क्या गलती की है? अब देख, लोग तो पानी पिला कर पुण्य कमाते हैं परन्तु

तुम पानी को इस तरह व्यर्थ बहा कर न सिर्फ़ कुछ न करके भी पुण्य कमाने का एक आसान सा मौका गंवा रहे हो, बल्कि उल्टा पाप के भागीदार भी बन रहे हो।"

पाप और पुण्य की बात सुन कर वह और उत्सुक हो गया क्योंकि वह धर्म-कर्म में बहुत रूचि रखता था और बाकायदा व्रत रखता और मंदिर जाया करता था।

वह बोला, "भई मैं कैसे पाप कर रहा हूँ?"

मैंने उसे उसके तरीके से समझाया "अब देखो, जो पानी तुम यहाँ व्यर्थ बहा रहे हो, उसके कारण दूसरे लोग जिनके पास यह पानी नहीं पहुँच पा रहा है, वे सभी इससे वंचित रह जाएंगे और उन्हें पानी दूर-दूर से लाना पड़ेगा। अब वे परेशान होंगे तो बददुआएं देंगे और उन्हें कोसेंगे जिनकी वजह से उन्हें पानी नहीं मिल पा रहा, जिनमें तुम भी शामिल हो। इसलिए दूसरों को कष्ट पहुंचा कर उन्हें पानी से वंचित रख कर तुम पाप के भागीदार बन रहे हो। इसके विपरीत यदि तुम पानी यूँ ही व्यर्थ में नहीं बहने दोगे अर्थात ज़रूरत के बाद नल बंद कर दोगे, तो यही पानी दूसरे लोगों तक भी पहुंचेगा और तुम अपनेआप ही पुण्य कमाने के भागीदार बन जाओगे, सीधी सी बात है, ...समझे।"

"समझा", मेरे दोस्त ने उठ कर झट से नल बंद कर दिया, "आगे से मैं पानी व्यर्थ नहीं बहने दूंगा और हाँ, मैं यह बात अन्य लोगों को भी समझाऊंगा।" उसे 'पुण्य कमाने' की बात समझ में आ गयी थी।

****

40

त्याग और मानवता

रेलगाड़ी स्टेशन पर आ कर रुकी। मेरे साथ की सीट पर सफ़र पर रही अच्छे-ख़ासे परिवार की युवती ने स्टेशन पर एक बैंच पर बैठे दो किन्नरों को 'हैलो' की और फिर वे आपस में एक-दूसरे के साथ घुलमिल कर बातें करने लगे। फिर उन दोनों ने गाड़ी के डिब्बे में आ कर लड़की की बहन से भी थोड़ी बातचीत की। यह देखकर मैं अचम्भित-सा हो गया। अन्य लोग भी उनकी तरफ देख रहे थे। थोड़ी देर बाद गाड़ी चली तो वह दोनों किन्नर उतर गए। अब हम सब फिर अपनी-अपनी सीट पर थे।

थोड़ी बातचीत तो उस युवती से पहले भी हुई थी, जो अपनी दो बहनों के साथ सफ़र कर रही थी, सो मैंने उससे पूछ ही लिया, "आप इन लोगों को जानती हैं? बुरा मत मानियेगा, क्योंकि आमतौर पर तो सभी लोग इनसे कटते ही हैं, पर आप इन लोगों से इतना घुलमिल कर बातचीत कर रही थीं, ...बस इसीलिए पूछ रहा हूँ।"

मेरे प्रश्न को सुनकर उसके मुख पर एक स्वाभाविक-सी मुस्कान दौड़ गयी। वह बोली, "बात यह है कि मेरी यह बड़ी बहन बीमार चल रही है। इनके दोनों गुर्दे ख़राब हो गए थे और डाक्टरों ने जवाब दे दिया था। हमें दीदी को तुरंत किसी की सलाह पर गुवाहाटी से पीजीआई चंडीगढ़ ले जाना पड़ा था, जहाँ इनका ऑपरेशन कर गुर्दे का प्रत्यारोपण किया गया। दीदी को एक गुर्दा मैंने ही 'डोनेट' किया हुआ है।"

मैंने चौंक कर कहा, "अच्छा! बहुत ख़ूब!"

वह बोली, "बहन है मेरी, ऐसे ही मरने के लिए थोड़े छोड़ा जा सकता था। वैसे भी इंसान एक गुर्दे से भी अपना काम अच्छी तरह चला सकता है, सभी को पता है।"

"हाँ, तो बात किन्नरों की हो रही थी," उसने आगे कहा, "जब हम दीदी को गुवाहटी से चंडीगढ़ के लिए ले जा रहे थे तो रास्ते में दीदी की तबियत बहुत ज़्यादा ख़राब हो गयी थी। हम सब अत्यंत परेशान थे। इसी स्टेशन पर यह दोनों किन्नर हमारे वाले डिब्बे में रुपये मांगने चढ़े। पापा ने उन्हें दस रुपये का नोट दिया। लेकिन दीदी की खराब हालत देख कर और उनके बारे में सुन कर उन्होंने रुपये वापिस कर दिए और साथ ही अपने पास से पूरे पांच सौ रुपये निकाल कर पापा के हाथ में पकड़ा दिए। साथ में ढेर सारी दुआएं देते हुए बोले कि यह लड़की बिलकुल ठीक हो जाएगी, आप लोग बिलकुल भी मत घबराना। जाते हुए उनकी आखों में मैंने पानी देखा था।

पता नहीं इनकी दुआओं का असर था या उनके द्वारा दी गयी हौसला अफ़ज़ाई कि दीदी की हालत में कुछ सुधार आ गया और हम उन्हें ठीकठाक चंडीगढ़ अस्पताल तक ले जाने में सफल हो गए, जहाँ उनका सफल ऑपरेशन वहां के काबिल डॉक्टरों द्वारा कर दिया गया, जिसकी बदौलत आज मेरी दीदी ठीक हैं। बस वहीं से इन दोनों से हमारी मुलाकात दोस्ती में बदल गयी। हमें अक्सर दीदी का चेकअप करवाने के लिए गुवाहटी से चंडीगढ़ जाना पड़ता है और अक्सर यहीं पर या आसपास ट्रेन में इनसे मुलाकात होती रहती है। बहुत अच्छे है दोनों।"

कहते-कहते उस युवती के गले से निकलती आवाज थोड़ी भर्रा-सी गयी और आखें कुछ नम-सी हो गयीं। उसने अपना रुमाल निकाल लिया।

मैं मूक श्रोता बना मन ही मन त्याग और महानता से भरी उस युवती एवं दोनों किन्नरों के आगे नतमस्तक हो गया था।

****

41

दोस्ती

वह अपना मकान बनवा रहा था। उसने अपने विभाग से गृह-निर्माण हेतु ऋण ले रखा था जो पर्याप्त नहीं था। अन्य कोई पूंजी फिलहाल उसके पास नहीं थी। मकान का लैन्टर तो पड़ गया था परन्तु सिर्फ प्लस्तर तक का काम निपट सका था। अभी बहुत सारा काम बाकी था। वह चाहता था कि कम से कम मकान का इतना काम तो हो जाए कि वह अपने बच्चों के साथ इसमें शिफ्ट कर जाए, और किराए से उसका पीछा छूटे।

'आजकल मकान बनाना तो बहुत ज़्यादा मुश्किल है ही, किराये पर रहना भी आसान नहीं है? मकान का बाकी का काम तो मैं धीरे-धीरे रुक-रुक कर वहीं रहते हुए करवाता रहूँगा, इसकी मुझे चिंता नही। बस अभी का हो जाए...।' गहरी चिंता में पड़ा वह सोचता रहता था।

उसे चिंता में देख कर एक दिन उसके दोस्त और सहकर्मी देवचंद ने पूछा, "इतनी चिंता में क्यों है?"

"कुछ नही यार, बस यूं ही मकान को ले कर चिंतित हूँ।" उसने कहा।

देव ने कहा, "क्या चिंता है बता तो सही, पैसे चाहिए।"

"हाँ, पर किससे मांगूं समझ में नहीं आता।...जो दे सकता है उसके पास हैं नहीं और जिसके पास हैं वह देता नहीं", उसने निराशा व्यक्त की।

"बोल कितने पैसे चाहिए?" दोस्त बोला।

"चाहिए तो जितने मिल जाएं, कम से कम और ज्यादा से ज्यादा, जितने भी", उसने कहा।

"एक काम कर लोन का फार्म लाकर दे, मैं अपने खाते से दो लाख रुपये निकलवा कर दे देता हूँ, उससे तेरा काम चल जाएगा फिलहाल। बाकी बाद में देख

• 58 •

लेंगे। जितनी लोन की किस्त मेरी कटेगी, मुझे हर महीने अपनी तनख्वाह में से देते रहना।...बाकी ज्यादा टेंशन न लिया कर, हो जाएगा।" देव सहजता से बोला।

उसके सिर से मानो टनों भार उतर गया था। हालांकि देव ने ख़ुद अभी कुछ माह पहले ही बैंक से ऋण ले कर अपना घर खरीदा था, जिसकी मोटी किश्त वह चुका रहा था। उसकी हालत शायद उससे भी पतली थी।

'यदि कभी वह देव की एक-दो किश्तें भी चुकाने से चूक जाए तो वह मुश्किल में आ सकता है। मगर उसने एक बार भी इसके बारे में नहीं सोचा, और न ही यह कि कल यदि वह उसका रूपया नहीं लौटाता या कुछ और दुर्घटना हो जाती है तो क्या होगा?' सोच कर वह गदगद हो उठा।

देव ने सिद्ध कर दिया था- 'दोस्त वही जो मुसीबत में काम आये।'

****

42

नशा

"क्या तुम पीते हो?"

"हाँ पीता हूँ, ...रोज एक अधिया।"

"मगर कभी देखा तो नहीं तुम्हें पिये हुए या पीते हुए?"

"हाँ, क्योंकि मैं शराब नही पीता...।"

"मगर अभी तो तुम ख़ुद कह रहे थे कि मैं...।"

"रोज़ का एक अधिया..., ...क्योंकि जितने में शराब का एक अधिया आता है उतने रुपयों के मैं अपने बच्चों के लिए फल इत्यादि घर ले कर आता हूँ। फिर हम सब मिल-बैठ कर वह फल खाते हैं, या उनका जूस या शेक बना कर पीते हैं। जिसे पीकर बच्चे ख़ुशी से झूम उठते हैं और उन्हें देख कर हम आनंदित हो जाते हैं। और एक ऐसे सरूर और मस्ती से भर जाते हैं, जो शायद दुनिया के किसी नशे में नहीं।

यह संतुष्टि और तृप्ति का नशा है जो दिलों-दिमाग़ पर बड़ी देर तक रहता है-शायद आख़िरी दम तक।"

******

43

अन्धविश्वास

शिष्य ने पूछा, "हे गुरुदेव, कृपया बतलाएं कि यह अन्धविश्वास किसे कहते हैं?"

गुरुदेव ने उत्तर दिया, "सुनो शिष्य, जिस तरह से आँखों देखी हुई मक्खी कोई भी नहीं निगल सकता है, और यह तभी हो सकता है जब यह आँखें बंद कर ली जाएं। उसी तरह से जो कुछ भी हम बिना तर्क-वितर्क, बुद्धि-ज्ञान अथवा अनुभव के अपनी आँखें बंद कर स्वीकार कर लेते हैं, अथार्त दिमाग की सभी खिड़कियाँ बंद कर आँखों देखी मक्खी भी निगल जाते हैं, उसे अंधविश्वास कहते हैं।"

******

44

सेवा

अपने पुराने मित्र सतवंत को सामने से आता देख जोगिन्दर साइकिल पर से नीचे उतर गया, "आ भई सतवंत, सुना क्या हाल है तेरा? बड़े दिनों के बाद मिला है...। कहाँ है आजकल?"

"भई मज़े में हूँ मैं तो। ...और तुझे पता है आजकल मैं 'बाबा सोहन सिंह जी छत बनूर' वाले की सेवा में हूँ...। बड़े पहुंचे हुए बाबा हैं। ...ऊपर तक पहुँच है उनकी। बड़े-बड़े नेता, अभिनेता और बिजनेसमैन उनके यहाँ हाज़िरी देते हैं।" सतवंत ने अति उत्साह से कहा।

"पर तू वहां करता क्या है?" जोगिन्दर ने सवाल किया।

"भई मैं बाबा जी की व्यक्तिगत सेवा में रहता हूँ, उनका सेवादार बन कर। ...उनके ख़ास सेवकों में से एक हूँ मैं। उनकी मुझ पर ख़ास कृपा दृष्टि रहती है", सतवंत ने गर्व से कहा, "रुपये पैसे, कपड़े-लत्ते सब डेरे की तरफ से मिल जाते हैं। खाने-पीने की भी पूरी मौज है— दाल रोटी को तो छोड़, फल-फ्रूट, दूध-लस्सी की भी कोई कमी नही है। ...बाहर तो भूखे मरते थे। ...तुझे तो पता है, ...इकट्टे ही तो रहे हैं हम...।"

जोगिन्दर ने हामी भरी, "हाँ यार, सही कहा तूने। बाकी तेरी सेहत देख कर ही पता चल रहा है कि तू खूब माल छक रहा है वहां पर। पर मेरा तो अभी भी वही हाल है पहले जैसा। यार सतवंत, तू मेरा दोस्त है। ...मेरी भी सिफ़ारिश कर न बाबा जी से कि वह मुझे भी अपनी सेवा में ले लें। ...मेरी भी जून सुधर जायेगी।"

"ठीक है यार, करता हूँ कोशिश...", कह कर सतवंत आगे बढ़ गया।

****

45

चोरी

उसके दोस्त का फ़ोन आया था। उसके दोस्त की बीवी को हार्ट-अटैक हुआ था और उसे शहर के एक अच्छे अस्पताल में ले जाया गया था। स्थिति नाज़ुक थी और तुरंत ऑपरेशन किया जाना ज़रूरी था। उसके दोस्त ने उसे किसी भी तरह तुरंत दो लाख रुपये का प्रबंध करने के लिए कहा था। वह उसका जिगरी दोस्त था, जिसने पग-पग पर उसे कई मुसीबतों से बचाया था और मुश्किलों में उसका साथ दिया था। उसे 'न' करने का तो सवाल ही नहीं उठता था।

परन्तु सवाल यह उठता था कि इतने सारे रुपयों का प्रबंध वह करे भी तो कहाँ से करे। अभी कुछ माह पहले ही तो उसकी लड़की की शादी हुई थी, जो उसने अपने सारे फण्ड आदि निकलवा कर, कंपनी से ऋण ले कर एवं कुछ दोस्तों से उधार ले कर की थी, जिसका भुगतान वह किसी तरह अपने वेतन से धीरे-धीरे कर रहा था। अब तो शायद उसके लिए ज़हर खाने लायक भी पैसे नहीं रह गये थे, ...और अगर खाना ही पड़े तो शायद उसके लिए भी उसे उधार ही लेना पड़ेगा।

मगर कुछ भी हो रुपयों का इंतज़ाम तो उसे करना ही था। 'यहाँ किसी की ज़िन्दगी और मौत का सवाल है', उसने बहुत सोचा, बहुत माथा-पच्ची की, कईयों के पास गया भी, कईयों से फ़ोन पर भी बात की- परन्तु कोई बात नहीं बनी। अंततः उसने एक बड़ा और कड़ा फैसला लिया और..., उसने अपने दोस्त तक ऑपरेशन के लिए दो लाख रुपये पहुंचा दिए।

मगर उसके लिए उसे अपनी पत्नी के वे सारे गहने चोरी से लॉकर से निकलवा कर गिरवी रखने पड़े थे- जो उसकी पत्नी ने लड़की की शादी में भी खर्च नहीं होने दिये थे, ...और जो उसे अपनी जान से भी ज्यादा प्यारे थे।

******

46

नया बाप

शराब पीना मंगलू का नित्य का नियम था। शाम होते ही उसके कदम ख़ुद-ब-ख़ुद शराब के ठेके की तरफ उठ जाते थे, जहाँ से वह कभी अधिया तो कभी पव्वा पीने के बाद ही हिलता था, और फिर झूलता-झूमता अपने घर पहुँचता था। पहले-पहल तो बच्चे उसके घर आने पर उसके पास लाड-प्यार पाने को आ भी जाते थे, परन्तु जब से उसने अपने बच्चों और उनकी माँ पर हाथ उठाना शुरू किया था, बच्चे डर के मारे उसके पास नहीं फटकते थे। वह उन्हें डांट कर बुलाए तो भी कई बार वे नहीं आते थे, फिर चाहे मार ही क्यों न खानी पड़े। अत: वह अपने बच्चों से दूर होता जा रहा था।

उस दिन भी शाम को काम पर से छुट्टी करके आदतन वह सीधा ठेके पर पहुँच गया। जैसे ही उसने शराब लेने के लिए हाथ जेब की तरफ बढ़ाया, वह ठिठक कर रुक गया। अपनी आँखों के सामने उसे दो मासूम और प्यारे से बच्चे, फटे कपड़ों में, भीख मांगते नज़र आये। उन दोनों बच्चों में उसे अपने बच्चों की झलक दिखलाई दी। एक बार तो उसे ऐसा लगा मानो यह उसी की बच्चे हैं जो भीख मांग रहे हैं।

उसका दिल दहल गया। वह बेचैन हो उठा, 'यदि मैं ऐसे ही शराब में रूपया बर्बाद करता रहा या शराब पी-पीकर मर गया, तो क्या एक दिन मेरे अपने बच्चे भी इसी तरह सड़कों पर भीख मांगेंगे? लानत है मुझ पर।' उसको होश आ गया था, 'मैं अपने बच्चों को इस तरह अनाथ होकर सड़कों पर भीख मांगने के लिए नहीं छोड़ूंगा।'

वह तुरंत वहां से चल दिया। रास्ते में पड़ते बाजार से उसने अपने बच्चों के लिए कुछ खिलौने, टॉफ़ी-चाकलेट और कुछ फल आदि खरीदे और सीधा घर पहुँच गया।

उसने अपने बच्चों को पुकारा। बाप की सूफ़ी आवाज़ सुनकर एक बार तो बच्चे चौंके, फिर बाप के बार-बार बुलाने पर डरते-डरते अचरज से भरे धीरे-धीरे आकर मंगलू के पास खड़े हो गये। मंगलू ने उन्हें प्यार से अपनी तरफ खींचा और उन्हें अपनी गोद में बिठाते हुए खिलौने, फल और टॉफ़ी-चाकलेट की थैलियां पकड़ा दीं, "लो, आपस में बाँट कर खा लेना और लड़ना नहीं, ..और हाँ, तुम्हारी माँ कहाँ है....जरा बुलाओ उसे।"

"जी बापू" , बच्चों ने कहा, परन्तु वह जाने की बजाय मंगलू को ही एकटक देखे जा रहे थे।

...आज मंगलू उनके लिए नया बाप जो था।

****

47

मूल-मन्त्र

पति-पत्नी की शादी की पच्चीसवीं सालगिरह थी। अतः उन्होंने सभी खास रिश्तेदारों और जान-पहचान वालों के लिए अपनी शादी की 'सिल्वर जुबली' मनाने हेतु एक छोटे-सी पार्टी का आयोजन किया हुआ था। सभी मिलने-जुलने वालों का स्वागत वह दोनों बड़ी आत्मीयता से एवं मुस्कुरा कर कर रहे थे।

सभी जानते थे कि उन दोनों का स्वभाव एक-दूसरे से एकदम विपरीत था। शर्मा जी जहाँ थोड़ा गर्म स्वभाव के थे, जल्दी उत्तेजित हो जाते थे और किसी भी काम के बारे में तुरंत निर्णय लेने एवं उसे तुरंत निपटा देने के पक्ष में रहते थे, वहीं श्रीमती शर्मा शांत और सौम्य स्वभाव की महिला थी, जो हर कार्य को संयम और सोच-विचार कर करना पसंद करती थी।

दोनों के विपरीत स्वभाव के बावजूद लोगों ने उन्हें कभी लड़ते-झगड़ते या एक-दूसरे से नाराज़ होते हुए नहीं देखा था। इस बात को लेकर कुछ लोगों में उत्सुकता थी कि आखिर उन दोनों की पटरी कैसे मेल खा गयी, जिस पर इन दोनों की गृहस्थ-रूपी गाड़ी सरपट दौड़े जा रही थी। सभी आपस में बात करते-करते तरह-तरह के कयास लगा रहे थे, परन्तु मूलमंत्र क्या है, यह कोई भी नहीं जानता था। कयास तो कयास ही थे, सच क्या था, यह तो वे दोनों ही बता ही सकते थे।

तभी शर्मा जी और उनकी पत्नी वेटर को कुछ निर्देश देते हुए उन लोगों के पास आ गए। सहगल जी तपाक से बोले, "लो भई अनुमान क्या लगाना जब दोनों सामने ही हैं तो। ...शर्मा जी और आदरणीय भाभी श्री, हम सब लोग यहाँ आप दोनों से यह जानने के लिए बेताब खड़े हैं कि आखिर आप लोगों के सफल वैवाहिक जीवन का राज क्या है? भई हमारी तो आपस में किसी न किसी बात पर कभी न कभी बजती ही रहती है, पर आप लोगों को आज तक हमने लड़ते-झगड़ते नहीं

देखा, और न ही किसी से सुना है। कृपया खुलासा कर हमें कृतार्थ करें, आपकी अति कृपा होगी।" यह कह कर सहगल जी बड़े अदब से सिर झुका कर खड़े हो गए।

शर्मा जी और उनकी पत्नी दोनों मुस्कुरा दिए। शर्मा जी ने एक क्षण अपनी पत्नी की तरफ देखा- जैसे उसकी मौन स्वीकृति पा रहे हों, फिर बोले, "बात यह है दोस्तों कि जैसा आप लोगों को पता ही है कि हम विपरीत स्वभाव के हैं। दरअसल हमने शादी के पहले ही दिन से ये तय कर लिया था कि जो भी कार्य हम करेंगे या जो भी फैसला लेंगे, वह एक-दूसरे की सहमति से होगा। और जहाँ पर हम दोनों की सहमति नहीं बन पाएगी वहां हम वही करेंगे जो हमें ज्यादा उचित एवं तार्किक दिखाई देगा। हमारा अहं कभी हमारे बीच नहीं आएगा। बस यही हमारे दाम्पत्य जीवन की सफलता का राज है, मूलमंत्र है।"

और फिर सभी को आँख मारते हुए अपनी पत्नी की तरफ देख कर बोले, "यह और बात है कि दम इन्हीं की सारी बातों में होता है।"

यह सुन कर पत्नी समेत सभी हंस पड़े।

****

48

समाधान

मैं पत्नी के साथ बैठा चाय पी रहा था।

पत्नी बोली, "ए जी, सुनो, रसोई का नल टपकने लगा है, उसे जल्दी ठीक करवा दो, कहते हैं पानी टपकता रहे तो घर में धन नही टिकता।"

मैंने कहा, "ठीक है, करवा दूंगा, अच्छी बात है, ...पर यह क्या बात हुई कि पानी टपकते रहने से घर में धन नही टिकता...।"

यह कहते-कहते मुझे अपने पड़ोसी दोस्त राधेश्याम का ध्यान आ गया। मैं कई बार उसे समझा चुका था कि घर का नल खुला मत छोड़ा करे, पानी व्यर्थ न बहने दे।

...और इसके लिए सैंकड़ों दलीलें भी दी थीं, परन्तु उसने नल बंद करने की आदत नहीं डाली थी।

आज मुझे इस समस्या का समाधान मिल गया था।

...अब उसका नल बंद रहने लगा था।

****

49

सबक

अपने सहकर्मी को अपनी तरफ़ अश्लील नज़रों से घूरता देख शीला ने कहा, "कहो गोविन्द जी, क्या देख रहे हो?"

सहकर्मी ने ढीठता से उत्तर दिया, "वही जो आप समझ रही हैं।"

शीला ने फिर प्रशन उछाला, "गोविन्द जी, एक बात बताईये, आप अपनी माँ की कोख़ से ही पैदा हुए थे या कहीं और से टपके थे?"

"क्या मतलब?" सहकर्मी ने बौख़ला कर कहा।

"वही जो आप समझ रहे हैं, ...यदि फिर इस तरह का ख़याल आये या इस तरह की तबीयत हो तो अपनी माँ को ज़रूर याद कर लिया करना, आपकी यह बीमारी अपनेआप दूर हो जायेगी।" कह कर शीला अपने काम में जुट गयी।

उसका जवाब उसके सहकर्मी के मुंह पर करारा तमाचा था।

उसे सबक मिल चुका था।

****

50

बारिश

वह अपने घर की छत पर टाइलें लगवा रहा था। मिट्टी छत पर बिछा दी गयी थी और गली में गारा बना दिया गया था, ताकि टाइलें लगाई जा सकें। सुबह से ही बरसात शुरू हो चुकी थी- कभी धीमी, तो कभी तेज। सारा दिन बरसात की झड़ी लगी रही। उसे अपनी छत पर बिछी मिट्टी और गारे की फ़िक्र थी, जो धीरे-धीरे बारिश के पानी में घुल कर नाली और गली में बहे जा रहे थे।

आफिस में बैठे हुए भी उसका ध्यान बरसात की तरफ ही था कि बरसात रुकी या नहीं। कुछ साथी आपस में बातें कर रहे थे, "यह बारिश फसल के लिए बहुत अच्छी है, इसका किसानों को बड़ा लाभ होगा, यह तो होनी ही चाहिए थी।"

उसने किसानों के बारे में सोचना शुरू किया तो उसे लगा, "...मेरा तो इस बारिश से थोड़ा-सा ही नुकसान होगा, मगर हज़ारों किसानों, लाखों परिवारों और करोड़ों लोगों को इससे जो लाभ होगा, उसके आगे मेरा नुकसान तो कुछ भी नही है।"

बारिश होती रही।

सुबह अख़बार में छपा था,

"खिल उठे खेत, गेहूं के लिए वरदान बन कर आई बरसात।"

****

51

महंगाई

रघुबीर अपने बीमार बच्चे के लिए फल खरीदने के लिए आया था। फलों के बढ़े हुए दाम सुन कर वह मन ही मन सोच रहा था, 'क्या लूं? ...लूं भी कुछ या न लूं? ...लेना तो पड़ेगा थोड़ा बहुत शंकर के लिए। ...कितनी महंगाई हो गयी है? फलों के दाम भी कहाँ से कहाँ पहुँच गये है?'

तभी एक अमीर औरत कार से उतरी। उसने बिना दाम पूछे दो किलो बढ़िया सेब, दो दर्जन संतरे और एक दर्जन बढ़िया केले खरीदे और पांच-पांच सौ रुपये के दो नोट निकाल कर दुकानदार को पकड़ा दिए। दुकानदार ने तीन सौ कुछ रुपये उसे वापिस कर दिए। तीन सौ के साथ कुछ रुपये और वापिस मिलते देख बरबस ही उस औरत के मुंह से निकल पड़ा, "फ्रूट तो सस्ता ही चल रहा है।"

यह सुनकर रघुबीर ने उस औरत की तरफ देखा। वह सोचने रहा था, 'महंगाई नहीं बढ़ी है, ...उसी के पास रुपये नहीं है। जिसके पास रुपये हैं, उसके लिए कोई महंगाई नही है।'

...वह वहीं खड़ा था, जबकि वह औरत कब की जा चुकी थी।

****

52

उज्जवल भविष्य

"अरे विनोद, कैसे हो? बड़े दिनों बाद मिले हो, कहाँ रहते हो आजकल?" कृष्ण ने गर्मजोशी से पूछा।

"मैंने यह शहर छोड़ दिया है। अब मैं दूसरे शहर में चला गया हूँ", विनोद ने जवाब दिया।

"क्या? भला क्यों? तुम तो यहाँ अच्छे से रह रहे थे, फिर ऐसा क्या हुआ कि शहर ही छोड़ दिया?" कृष्ण ने हैरानी और जिज्ञासा से फिर पूछा।

"सही बात कहूँगा तो तुम्हें अजीब लगेगा। मैंने यहाँ के लोगों की वजह से शहर छोड़ा है", विनोद ने कहा।

"क्यों? क्या हुआ लोगों को?" कृष्ण को आश्चर्य हुआ, "यहाँ के लोगों का बर्ताव या रहन-सहन ठीक नहीं लगा क्या?"

"नहीं नहीं, बर्ताव या रहन-सहन की वजह से नहीं, बल्कि समझ-बूझ की कमी के कारण।" विनोद बोला।

"सूझबूझ की कमी?" कृष्ण ने कहा, "कुछ समझा नहीं?"

"हाँ सूझबूझ...," विनोद ने खुलासा करते हुए कहा, "जिस तरह से यहाँ के लोग पानी, बिजली और अन्य संसाधनों की बर्बादी कर रहे हैं, इन्हें नष्ट कर रहे हैं, जल्दी ही एक दिन ऐसा आएगा जब यहाँ बिजली, पानी इत्यादि की भारी किल्लत हो जाएगी।

तुम तो जानते ही हो, इन चीजों के बिना तो आज की ज़िन्दगी की कल्पना भी नहीं की जा सकती। इसलिए मैं दूसरे शहर जा बसा हूँ, ताकि आने वाली मुसीबतों से बच सकूं।

वहां के लोग समझदार हैं, इन चीजों की कीमत समझते हैं और इनके संरक्षण में अपना भरपूर योगदान देते हैं। अत: उनका भविष्य उज्जवल है, ...मेरा और मेरे परिवार का भी। ...अच्छा चलता हूँ, थोड़ा काम है।" कह कर विनोद चला गया।

... कृष्ण बहुत कुछ सोचने पर मजबूर हो गया था।

****

53
पुण्य और पानी

"भाई साहब, चंदे की पर्ची काटनी है", एक ने कहा।

"किसलिए?" मैंने पूछा।

"कल महाशिवरात्रि है और हमने हर साल की तरह इस साल भी मीठे पानी की छबील लगानी है। इसके लिए ही हम लोग चंदा इकट्ठा कर रहे हैं। आपसे भी सहयोग चाहते हैं", दूसरे ने कहा।

"एक बात बताओ, यह छबील तुम लोग किस लिए लगाते हो?" मैंने फिर सवाल किया।

"अरे कमाल है, आप इतना भी नही समझते। इस दिन पानी पिला कर हम लोग पुण्य कमाते हैं और एक अच्छा काम भी करते हैं", तीसरे ने तुरंत कहा।

"अच्छा, और जो आप लोग हर रोज पानी नलों में यूँ ही खुला छोड़ व्यर्थ बहने देते हो, और दूसरे लोगों को उससे वंचित रख कर, जिन तक तुम लोगों की वज़ह से पानी नही पहुँच पाता, जो पाप कमा रहे हो और साथ ही अपनी मूर्खता से धरती में पानी की निरंतर कमी कर रहे हो वह? इसके बारे में क्या कहते हो? क्या अच्छा काम कर रहे हो?" मैंने सवाल पर सवाल किया।

मेरे इन सवालों का कोई जवाब उनके पास नही था। वे मेरी पर्ची काटे बगैर ही चुपचाप आगे चल दिए।

****

मदद

"तुम्हें क्या ज़रूरत पड़ी थी सुदेश का कमरा दिखाने के लिए साथ जाने की। अपना कमरा किराए पर चढ़ गया न यही बहुत है, ...अपनी ही चिंताएं कम नहीं जो तुम दूसरों की भी चिंता अपने सिर पाले रहती हो", पति ने थोड़ा खीझ कर कहा।

"लो ये भी खूब कही आपने, जब अपना कमरा किराये पर देना था और कोई नहीं आ रहा था, तब हमने भी तो सभी से कहा था, और एक-दो को पड़ोस वाले किरायेदारों को लेकर भी आये थे। अब अगर हमारा कमरा किराए पर चढ़ गया तो क्या हम दूसरे की मदद भी न करें? सभी लोग यदि इसी तरह से सोचेंगे तो भला कौन एक-दूसरे की मदद करेगा। हम सभी एक-दूसरे के सहारे ही तो अपने जीवन की गाड़ी चलाते हैं। समाज में सभी को एक-दूसरे की ज़रूरत है, फिर चाहें हम-तुम हों, पास-पड़ोस या नाते-रिश्तेदार, सभी एक-दूसरे के पूरक हैं", पत्नी ने कहा।

पत्नी की तर्कपूर्ण बातें सुनकर पति खामोश रह गया।

****

55

देशभक्ति

"मिस्टर श्याम, मैंने हर बार यह बात नोट की है कि आप जब भी ऑफिस में अपने कमरे से बाहर जाते हैं तो कभी भी बिजली व्यर्थ नहीं करते। यहाँ तक कि कई बार जब दूसरे लोग लाइट और पंखे खुले छोड़ जाते हैं तो भी आप बंद कर देते हैं।

इसी तरह अक्सर लोग नलों को खुला छोड़ पानी व्यर्थ बहने देते हैं, और आप उन नलों को भी बंद करते रहते हैं। बार-बार ऐसा करते हुए क्या आप कभी खीझ नहीं जाते?" सहकर्मी ने सवाल किया।

"नहीं दोस्त, अपनी-अपनी सोच है। मैं किसी भी वस्तु को व्यर्थ में गंवाने या नष्ट करने के पक्ष में नहीं हूँ, चाहे वह कितनी ही साधारण और महत्वहीन क्यों न हो? क्योंकि कोई भी वस्तु जो हमारे लिए साधारण और महत्वहीन है, वह किसी दूसरे के लिए मूल्यवान और काम की हो सकती है।

फिर बिजली-पानी तो देश की अमूल्य निधि हैं। देश और देशवासियों की उन्नति के लिए तो यह दोनों अति आवश्यक और महत्वपूर्ण हैं। जो भी व्यक्ति बिजली-पानी को व्यर्थ गंवाता है, मेरी नजरों में वह देश का सबसे बड़ा दुश्मन है।"

"सही कहा आपने", सहकर्मी ने सहमति जताई।

"और एक बात, इसे व्यर्थ होने देने से बचाने में थोड़ी-सी मदद करके मैं देश सेवा में अपना योगदान देकर अपने आपको धन्य पाता हूँ। ऐसा करने पर मुझे किसी प्रकार की कोई खीझ या परेशानी नहीं होती।

हाँ, उन लोगों पर थोड़ा अफ़सोस ज़रुर होता है जो अपनी नासमझी से बिजली और पानी व्यर्थ गंवा कर देश और पर्यावरण को हानि पहुंचा रहे हैं।

ऐसे लोगों को मैं शायद मूर्ख या सनकी लगूं, परन्तु मैं देश के प्रति अपना नैतिक कर्तव्य निभा रहा हूँ और निभाता रहूँगा", श्याम जी ने गर्व से मुस्कुरा कर

कहा।

यह सुन कर सहकर्मी की नजरों में श्याम जी का कद और ऊँचा हो गया। उसे देशभक्ति और देशप्रेम की एक नई परिभाषा समझ में आ गयी थी।

****

• 77 •

यह सुन कर सहकर्मी की नजरों में श्याम जी का कद और ऊँचा हो गया। उसे देशभक्ति और देशप्रेम की एक नई परिभाषा समझ में आ गयी थी।

****

• 77 •

56

उधार के रुपये

सुबह-सुबह ही वह मुझसे पांच हज़ार रुपये उधार मांगने आ गया था। वह मेरे अच्छे जानकारों में से थे, भला आदमी था और मेरे पास रुपये भी थे, परन्तु न जाने क्या सोच कर मैंने उसे मना कर दिया। वह चला गया। मेरे लिये बात आयी-गयी हो गयी। परन्तु...

...सीढ़ियों पर से उतरते हुए अचानक मेरा पैर फिसल गया। मुझे हाथ पर चोट लगी थी। मुझे तुरंत अस्पताल ले जाया गया। डॉक्टर ने एक्सरे किया। हाथ की कलाई में मामूली-सा फ्रैक्चर था, जहाँ प्लास्टर चढ़ा दिया गया था। कुछ दवाईयां दी गयीं थीं। कुल मिला कर खर्चा- दर्द और परेशानी के अलावा, छ: हज़ार रुपये था।

मैं घर आ चुका था।

...बिस्तर पर लेटे-लेटे अचानक मुझे अपने उस जानकार का ख़याल आया, जिसे मैंने रुपये उधार देने से मना कर दिया था। मैं सोच रहा था, 'यदि मैं उसे रुपये उधार दे देता तो हो सकता है कि मेरे साथ यह दुर्घटना ही न होती, ...इतना दर्द, इतनी परेशानी न उठानी पड़ती।'

फिर अचानक एक टीस सी उठी, '...और उधार दिए हुए रुपये भी अपने ही होते, जो अब डॉक्टर की जेब में थे।'

****

57

समस्या

यह एक की नहीं, सभी की समस्या थी। मोहल्ले के ज्यादातर बच्चे एक ही स्कूल में पढ़ते थे। आये दिन किसी न किसी संस्था हेतु दान इकट्ठा करने के लिए स्कूल वालों द्वारा बच्चों को एक पर्चा थमा दिया जाता था, जिसमें दान करने एवं चंदा इकट्ठा करके स्कूल के माध्यम से उस संस्था को देने की अपील की जाती थी।

एकाध बार अथवा एकाध संस्था की बात तो ठीक थी, परन्तु बार-बार एवं अलग-अलग संस्थाओं के लिए रूपया इकट्ठा करने की बात किसी माँ-बाप के गले नहीं उतरती थी। सभी परेशान थे और इस समस्या से छुटकारा पाना चाहते थे। अत: उन्होंने राकेश सैनी जी के घर एक मीटिंग कर अपनी समस्या उनके सामने रखी। सैनी जी सुलझे हुए व्यक्ति थे और उनकी इस जायज़ समस्या को समझते थे। उन्होंने आश्वासन दिया कि वे इस समस्या को सुलझा लेंगे।

अगले दिन वे सभी अभिभावकों को साथ ले प्रधानाचार्य के कक्ष में मौजूद थे। उन्होंने प्रधानाचार्य से प्रशन किया, "श्रीमान जी, आप कृपया बताएंगे कि हम अपने बच्चों को आपके स्कूल में पढ़ने के लिए भेजते हैं या भीख मांगने की ट्रेनिंग देने के लिए?"

"क्या मतलब?" प्रधानाचार्य ने चौंक कर कहा।

सैनी जी बोले, "मतलब यह कि आपके स्कूल द्वारा जो बार-बार चंदा इकट्ठा करने के लिए पर्चा थमा दिया जाता है, उससे आप क्या चाहते हैं कि बच्चे उसे ले कर घर-घर जाकर या सड़क पर इकट्ठे हो कर रुपये मांगते फिरें, और आपको लाकर दें, ताकि आप उसे किसी संस्था को देकर अपना नाम कर सकें। यदि आपको रुपये ही इकट्ठे करके हैं तो सीधे माँ-बाप से बात कर उनसे लें, जितना वे दे सकते हैं, न कि बच्चों को जरिया बनाएं। इससे तो वे मांगना ही सीख सकते हैं, कुछ देना

नहीं।"

सभी माँ-बाप ने सहमति में हामी भरी।

प्रधानाचार्य को उनकी बात समझ में आ गई थी। उन्होंने फिर कभी ऐसा कार्य न करने का आश्वासन देते हुए माफ़ी मांग ली।

समस्या समाप्त हो गयी थी।

****

58

सवाल रोटी का है

मैं अपने बच्चों सहित घूमने के लिए शिमला गया हुआ था। माल रोड, जाखू मंदिर इत्यादि घूमने के बाद हम लोग टैक्सी से सीधा चैल पहुँच गये। चैल चूंकि और अधिक ऊँचाई पर था और शहर की भीडभाड से दूर था, अत: वहां पर छाई शांति और कुदरती नज़ारों को देख कर मन खुश हो गया। बच्चे एक रेस्तरां में खाने-पीने में मस्त हो गये और मैं अपनी पत्नी के साथ कुदरती नज़ारों में खो गया।

टैक्सी चालक, जो एक भला व्यक्ति था और हमसे थोड़ा घुलमिल गया था, भी पास ही बैठा था।

मैं बोला, "यहाँ के प्राकृतिक सौंदर्य, पक्षियों के कलरव और शांत वातावरण में रह कर तो कोई भी भक्ति में मन लगाये तो ईश्वर को प्राप्त कर ले, ... क्यों ड्राईवर साहब, ठीक कहा न मैंने?"

टैक्सी चालाक मुस्कुरा दिया, "बिलकुल सही कह रहें हैं साहब, परन्तु सवाल रोटी का है। जब तक आदमी को रोटी नही मिलती उसके लिए सभी बातें खोटी ही रहती हैं। ईश्वर भक्ति तो बाद की बात है, वर्ना सच में यहाँ आकर हर कोई योगी या साधू बन सकता है...।"

...उसकी बात में 'सच' था।

****

59

लालच बुरी बला है

लाला रामदयाल का बेटा घर के आंगन में बैठ कर अपना हिंदी का पाठ याद कर रहा था और साथ ही साथ टंगे हुए पिंजरे में बंद तोते को भी रटा रहा था, "बोल मिट्ठू, लालच बुरी बला है.... चोरी करना पाप है...।"

तभी घर के दरवाजे से आवाज़ आई , "लाला जी घर पर हैं?

लाला रामदयाल जी झट दरवाजे पर आये और दरवाजा खोला, "अरे भीखू, आजा अंदर, क्या लाया है दिखा?" जैसे लाला जी को पहले से ही उसके आने की ख़बर थी, "किसी ने देखा तो नही तुझे यहाँ आते...?"

"नही" , भीखू ने कहा और फिर एक पोटली लाला जी को पकड़ा दी।

"लो लाला जी, अब की बार माल चोखा लाया हूँ, ...और पैसे भी चोखे ही लूंगा।"

"ठीक है, ठीक है, ले लेना, पहले माल तो देख लेने दे", लाला जी ने कह कर पोटली खोली, जिसमें सोने के गहने थे, जो भीखू ने चोरी किये हुए थे। वह अक्सर चोरी का माल ला कर बहुत कम पैसों में लाला जी को दे दिया करता था और लाला जी उसे ऊँचे दामों में बेच कर पैसा बना रहे थे। उनका लालच बढ़ता जा रहा था।

लड़के और तोते ने बारी-बारी से फिर आवाज़ दी, "लालच बुरी बला है..., चोरी करना पाप है...।"

लाला जी को पता नही क्यों गुस्सा आ गया, "चुप करो दोनों, ...यह क्या रट लगा रखी है, ...भागो यहाँ से, अंदर जाओ।" लाला जी का चोर बाहर आ गया था।

तभी दरवाजे पर से एक साथ कई लोगों के अंदर घुसने की आवाज़ आई। उन लोगों को देख कर भीखू और लाला रामदयाल दोनों के होश उड़ गये। वह पुलिस वाले थे। इंस्पेक्टर ने आते ही लाला जी के हाथों से पोटली छीन ली और पुलिस वालों को दोनों को हथकडी पहनाने को कहा। इंस्पेक्टर ने कहा, "बहुत दिनों से मुझे

तलाश थी तुम दोनों की, ...अब चलो थाने।"

लाला जी और भीखू चुपचाप चल पड़े। घर में एकदम सन्नाटा छा गया।

तभी मिट्ठू बोल पड़ा, "लालच बुरी बला है..., चोरी करना पाप है...।"

****

60

परीक्षा

खलासी से तकनीशियन की पदोन्नति हेतु व्यावसायिक परीक्षा ली जानी थी, जिसमें सभी कर्मचारियों को कुछ न कुछ तकनीकी कार्य दिया जाना था। सभी कर्मचारियों की कार्यकुशलता को देख कर ही उन्हें परीक्षा में पास किया जाना था, अर्थात् यह परीक्षा ही परीक्षार्थियों की कसौटी थी, जिस पर उन्हें परखा जाना था और फिर उन्हें पदोन्नत किया जाना था।

परीक्षा लेने वाले अधिकारीगण एवं सम्बंधित लिपिक सभी मौजूद थे। सबसे पहले कर्मचारियों के परीक्षा हेतु फार्म भरे जाने थे, जिसकी प्रक्रिया चल रही थी। सभी कर्मचारी बाहर एक पंक्ति में खड़े थे। बारी-बारी सभी का नाम पुकारा जा रहा था और वे एक-एक कर अपने फार्म सुभाष बाबू से भरवा रहे थे।

तभी बड़े साहब की गाड़ी आ कर रुकी। ड्राईवर और एक अन्य आदमी, जो वहां खड़े लोगों के लिए अपरिचित-सा था, उतरे और सीधे छोटे साहब के कमरे में जा घुसे, जहाँ परीक्षा की तैयारी चल रही थी। उन्हें देख सभी खड़े हो गये।

उस शख्स को कुर्सी पर बैठाया गया और वैसा ही एक फार्म रख कर, जैसा कि सभी का भरा जा रहा था। उस पर उसके हस्ताक्षर करवा लिए गये। फिर वह व्यक्ति उठा और ड्राईवर के साथ गाड़ी में बैठ कर चला गया। कोई कुछ नही समझ पाया था।

थोड़ी देर बाद जब सुभाष बाबू बाहर निकले तो एक कर्मचारी, जो उनका ख़ास था, ने पूछा, "सुभाष बाबू, भला यह कौन था?"

"नही पहचाना...? हाँ, तुम्हे कैसे पता होगा, यह तो यहाँ कभी ड्यूटी देने आया ही नही। यह बड़े साहब का साला है, ...साला जब से खलासी भर्ती हुआ है बड़े साहब के साथ ही रह रहा है कोठी में और मज़े ले रहा है। एक बार भी यहाँ ड्यूटी पर शक्ल

नही दिखाई आज तक। आज परीक्षा देने आया था।"

कर्मचारी बोला, "तो हो गई परीक्षा?"

"और क्या, हो गयी परीक्षा", सुभाष बाबू ने मुंह बनाया।

...दोनों ठहाका लगा कर हंस दिये।

****

61

पानी

वह रेगिस्तान में भटक गया था— कैसे, कब और क्यों? इस वक़्त उसे कुछ भी याद नहीं आ रहा था। उसकी हालत इतनी नाज़ुक थी कि इन सब बातों पर ग़ौर करने लायक न तो उसके पास समय था और न ही ताक़त। वह तो बस कहीं से भी किसी भी क़ीमत पर थोड़ा-सा पानी चाहता था, ताकि प्यास से तड़प-तड़प कर मरने से बच सके। उसका गला पूरी तरह से बंद हो चुका था, ...इतना कि थूक भी नहीं निगला जा रहा था। आंखें मुंद रही थीं और वह बिन पानी की मछली की तरह पड़ा तड़प रहा था।

'पानी...', उसके मस्तिष्क में यह शब्द गूंजे, मगर ज़ुबान से निकल न सके, ...और उसने वहीं दम तोड़ दिया।

...तभी झटके से वह उठ खड़ा हुआ। साँसें तेज-तेज चल रही थीं, पूरा शरीर पसीने से तर-बतर था और गला बिलकुल सूखा पड़ा था, 'ओह, सपना था...', उसने मन ही मन कहा, 'हे परमात्मा..., शुक्र है सपना ही था।'

कुछ देर वह उसी स्थिति में बैठा कुछ सोचता रहा, फिर उठा और नल के नजदीक पहुँच गया...।

...उस दिन के बाद उसके घर का नल कभी खुला नहीं रहा।

******

62

नुक़सान

"कसम से, मैं तो तंग आ गयी हूँ इन बच्चों से...", पत्नी कुड़कुड़ कर रही थी।

"क्यों, क्या हुआ कविता, ...क्यों गुनगुना रही हो?" राजेश ने छेड़ते हुए कहा।

"तुम्हें मज़ाक सूझ रहा है, ...पता है आज भी बच्चों ने खेलते हुए घर की खिड़की का कांच तोड़ दिया है। रोज कोई न कोई नुक़सान करने लगे हैं। कभी कोई चीज़ गुम कर देते हैं, तो कभी कोई चीज़ तोड़ देते हैं या ख़राब कर देते हैं। ...नुक़सान ही नुक़सान। समझ में नहीं आता कि क्या करूं? कई बार डांट-डपट चुकी हूँ, और एक-दो बार तो मार भी चुकी हूँ, पर इन्हें कोई फ़र्क़ ही नहीं पड़ता...", कविता ने खीझ कर कहा।

"अरे शांत भीम, शांत..., इतना गुस्सा उचित नहीं। बच्चे बच्चे ही होते हैं, शरारतें करते ही हैं..., हाँ नुक़सान नहीं करना चाहिए। डांटने या मारपीट से काम नहीं चलता, उन्हें मनोवाज्ञानिक तरीके से उन्हीं की भाषा में समझाना पड़ता है", राजेश ने मज़ाक किया और साथ में समझाया भी।

"तो ठीक है, अब आप ही समझाओ इन्हें", कविता ने जिम्मेदारी उस पर डाल दी।

"हाँ, करता हूँ कोई उपाय", कह कर राजेश सोचने में लग गया।

थोड़ी देर बाद दोनों बच्चे उसके पास थे। राजेश उनसे सामान्य ढंग से बातचीत करते हुए बोला, "आज मैंने बड़ी ही प्यारी रिमोट वाली कार देखी थी। ...सच बड़ी ही प्यारी थी। मैं उसे लेने के लिए दुकान में घुसा। उस कार की कीमत पूछी। ...थोड़ी महंगी थी, पर मैंने कहा कि चलो कोई नहीं...", राजेश बच्चों के हाव-भाव देख रहा था।

"फिर पापा...?" बच्चे जिज्ञासा से बोले।

"फिर क्या बेटा, उसी समय तुम्हारी मम्मी का फ़ोन आ गया, कहने लगीं कि तुम लोगों ने खिड़की का कांच तोड़ दिया है, नया लगवाना पड़ेगा, तो मजबूरी में वह रिमोट वाली कार छोड़नी पड़ी", राजेश ने बेचारगी के भाव चेहरे पर लाते हुए कहा।

"क्यों पापा? कार तो ले लेते?" बच्चों ने भोलेपन से कहा।

"बेटा, जितने पैसे हमारे पास हैं उतने में या तो खिड़की का कांच लग सकता है या नई कार आ सकती है। अब कांच लगवाना तो ज़रूरी है वर्ना घर तो बुरा लगेगा ही, सर्दी में ठंडी हवा और गर्मियों में धूल-मिट्टी, धूप वगैरह आएगी। ...हाँ अगर आज तुम लोगों से कांच न टूटता तो कार ज़रूर आ जाती खेलने को...'" राजेश ने समझाया, "ऐसे ही दूसरे नुकसान जो आप लोग करते हो, अगर न हों तो उनके बदले भी कोई न कोई चीज़ ली जा सकती है।"

"समझ गये पापा, ...आगे से हम कोई नुकसान नहीं करेंगे", कह कर बच्चे अपने पापा की गोद में चढ़ गये।

****

63

ईमानदारी

“हाँ तो वालिया जी, साफ़-साफ़ और सही-सही बताइए कि हमारा हिस्सा कितना रहेगा?” नए आए बड़े साहब के मुंह से यह बात सुनकर ठेकेदार का मुंह खुला का खुला रह गया। वह सोचने लगा, ‘मैंने तो कुछ और ही सुन रखा था कि यह वाले बड़े साहब रिश्वत नही लेते, पर यह तो....?’

जब कुछ देर तक ठेकेदार ने अपना मुंह नही खोला तो बड़े साहब ने पुनः अपने शब्दों को दोहराते हुए कहा, “हाँ वालिया जी, आपने जवाब नही दिया मेरी बात का?”

वालिया जी के मुंह से आश्चर्यमिश्रित स्वर निकला, “ज....जी..., जी दस प्रतिशत।” और फिर वह उसी तरह फटी आँखों से बड़े साहब को देखने लगा और मन ही मन सोचने लगा, ‘...चलो, हमने तो देना ही है, ...कम से कम काम तो नही अटकेगा जिसके अटकने का खटका था...।’

“वालिया जी, आपको अटपटा तो लगेगा, पर मैं आपको बता दूं कि मैंने अपना काम ईमानदारी से करने की कसम खायी हुई है। अब दूसरों को तो मैं नहीं रोक सकता, पर ख़ुद को तो इस बेईमानी के कीचड़ से बचा ही सकता हूँ...।” बड़े साहब की बात ठेकेदार की समझ में नहीं आ रही थी, वह अभी भी भौचक्का-सा सुन रहा था, “...तो मैं चाहता हूं कि आप अपने बच्चों की कसम खाकर कहें कि आप मेरे हिस्से की ‘कमीशन’ को पूरी ईमानदारी से उसी काम में लगायेंगे, जिस काम का आपको ठेका दिया जायेगा। कोई बेईमानी नहीं करेंगे, ...वर्ना...।”

....ठेकेदार को बात समझ में आ गयी थी।

****

64

सर्वश्रेष्ठ कर्मचारी

"इस वर्ष के सर्वश्रेष्ठ कर्मचारी का सम्मान जाता है श्री रामदीन को...", उद्घोषक ने घोषणा करते हुए कहा, "रामदीन जी जहाँ भी हैं, मंच पर आ जाइए।"

थोड़ी देर में रामदीन हाथ जोड़ता हुआ पूरी घबराहट और संकोच के साथ मंच पर उपस्थित हुआ।

अध्यक्ष महोदय मंच पर से उठे और उद्घोषक से माईक लेकर सभी उपस्थित श्रोतागणों को सम्बोधित करते हुए बोले, "मेरे प्यारे साथियों, रामदीन को मंच पर इस सम्मान के लिए खड़ा देखकर आपको हैरानी अवश्य हो रही होगी, क्योंकि संस्था के इतिहास में एक चतुर्थ श्रेणी के कर्मचारी को आज तक कभी 'सर्वश्रेष्ठ कर्मचारी' का सम्मान नहीं दिया गया है।

परन्तु रामदीन इसके पूरी तरह से हकदार हैं। रामदीन अपना काम पूरी निष्ठा, कर्मठता और ईमानदारी से तो निभाते ही हैं, परन्तु इस खूबी के साथ-साथ इन्होनें अपने कार्यस्थल और आसपास की सारी भूमि पर पेड़-पौधे लगाकर एवं उनकी देखभाल करके पर्यावरण को स्वच्छ और सुन्दर बनाने का जो उत्कृष्ट कार्य किया है, उसके कारण इन्हें यह 'सर्वश्रेष्ठ कर्मचारी' का सम्मान दिया जा रहा है...।"

...पूरा हॉल तालियों की गड़गड़ाहट से गूंज उठा।

******

65

आदमीयत

पति-पत्नी बैठे थे। पत्नी पत्रिका पढ़ रही थी और पति आराम फरमा रहा था। पत्नी ने पत्रिका को पढ़ते हुए कहा, "देखो जी, इस पत्रिका में अन्धविश्वास के खिलाफ एक विज्ञापन छपा है कि इनमें से कोई भी एक चुनौती यदि कोई पूर्ण कर देता है तो उसे पांच लाख रूपये का ईनाम दिया जायेगा।"

पति दी हुई चुनौती की सूची पढ़ने लगा, उनमें से एक थी, '...आदमी को किसी जानवर में बदल सके...।'

पति बोला, "यह तो हो सकता है...।"

"कैसे?" पत्नी ने पूछा।

पति मुस्कुरा कर बोला, "आदमी को गाली दो, या नीचा दिखाने की कोशिश करो, फिर देखो, कैसे जानवर की तरह बर्ताव करने लगेगा।"

उसकी बात आदमीयत पर एक ताना था।

****

66

कमाई

"अरे गुप्ता जी, यह क्या, आप आज भी दुकान खोल कर बैठे हो?" भाटिया जी ने थोड़ा हैरान होते हुए कहा।

"क्यों क्या हुआ?" गुप्ता जी ने प्रतिप्रश्न किया।

"अरे भई, आज इतना बड़ा त्यौहार है। सारा का सारा बाज़ार बन्द है। बस कुछ एक दुकानदार हैं जिन्होंने दुकानें खोल रखी हैं, और वह भी इस भरोसे कि आज कुछ ज़्यादा कमाई कर लेंगे, या जो अपनी दुकान बंद करना ही नही चाहते। आपको भी कमाई का ही लालच है क्या?" भाटिया जी ने मज़ाक करते हुए कहा।

"भई दुकानदारी कर रहे हैं तो कमाने के लिए ही कर रहे हैं। दुकान खोलेंगे तो कमाई तो होगी ही। पर सिर्फ़ रुपया या लाभ कमाने के लालच में मैं अपनी दुकान खोल कर नहीं बैठा हूँ...", गुप्ता जी ने कहा।

"तो फिर...", भाटिया जी ने पूछा।

"तुम देख ही रहे हो कि आज सारा बाज़ार बंद पड़ा है। तो ऐसे में अगर किसी को अचानक आपातकालीन स्थिति का सामना करना पड़ जाए तो वह दवाएं कहाँ से लेगा? वह तो रह गया न बेचारा तकलीफ़ में...।

या हो सकता है कि दवाईयां समय पर न मिलने पर कोई बेचारा दम ही तोड़ दे...। कभी भी, कोई भी विषम परिस्थिति पैदा हो सकती है।

इसलिए जहाँ तक हो सके हमें कोशिश करनी चाहिए कि ऐसा न हो। बस यही सोचकर..., आप समझ ही गए होंगे...", गुप्ता जी के मुंह पर तेज उभर आया।

"वाह गुप्ता जी वाह..., मान गए आपको..., तुसी ग्रेट हो जी," कहकर भाटिया जी ने उन्हें गले लगा लिया और त्यौहार की मुबारकबाद दे कर यह सोचते हुए आगे बढ़ गए।

भाटिया जी सोच रहे थे, 'इंसान को जीवन में धन कमाने के साथ-साथ अपना उद्देश्य मानव-सेवा भी ज़रुर रखना चाहिए, अपने गुप्ता जी की तरह...।'

****

67

जान बची तो लाखों पाए

वह शहर की व्यस्त सड़क पर तेजी से अपने मोटर साइकिल पर अपने घर के लिए जा रहा था। तभी अचानक उसके थोड़ी आगे से एक बिल्ली तेजी से रास्ता काट गई। यह विचार उसके मन में गहरे से पैठ बनाए हुए था कि यदि बिल्ली रास्ता काट जाए तो रास्ता पार नहीं करना चाहिए, वर्ना कुछ न कुछ अनिष्ट हो जाता है। अंधविश्वास के कारण कोई अन्य सोच-विचार लाए बिना जितनी फुर्ती से बिल्ली रास्ता काट गई थी, उतनी फुर्ती से उसने भी ब्रेक लगा दी।

जितनी स्वाभाविकता से उसने ब्रेक लगायी, उतनी ही स्वाभाविकता से पीछे से तेजी से आ रही एक कार ने उसे टक्कर मार दी। वह अपनी मोटरसाइकिल सहित दूर जा गिरा। गनीमत थी कि पीछे से आ रही सभी गाड़ियों ने तुरंत ब्रेक लगा कर अपनी अपनी गाड़ियों को रोक दिया था, वर्ना वह किसी न किसी गाड़ी के नीचे आ कर अपनी जान गँवा सकता था। बावजूद इसके उसकी मोटरसाइकिल को काफी क्षति पहुंची थी और उसके स्वयं के भी कई जगह गंभीर चोटें लगीं थी।

'...एक छोटे से अंधविश्वास के कारण अपनी जान जोखिम में पड़ गई, लाखों रुपये की चपत लग गई और अब कई महीनों तक बिस्तर पर भी पड़ा रहना पड़ेगा। खुद को और परिवार वालों को जो परेशानी होगी सो अलग...', अस्पताल के बिस्तर पर पड़े हुए दर्द से कराहते हुए मन ही मन कान पकड़ते हुए उसने प्रतिज्ञा की, '...जान बची तो लाखों पाए, आइन्दा से ज़िन्दगी में कभी इस तरह के अन्धविश्वास और वहमों में नहीं पड़ूंगा...।'

****

68

गुंजाइश

"अजी सुनते हो, राम निवास भाई साहब आए थे, वे अपने घर जागरण करवा रहे हैं अपने बेटे के जन्मदिन पर। हमें भी बुलाया है। बता रहे थे कि बड़ा अच्छा कार्यक्रम रख रहे हैं, बिलकुल शादी जैसा...", पत्नी ने बड़े उत्साह के साथ बताया, परन्तु उसकी बात सुनते ही राजेन्द्र को मानो करंट-सा लग गया था।

"जागरण, और वह भी रामनिवास के घर...? मज़ाक तो नहीं कर रही हो मुझसे, या कहीं वह तुमसे मज़ाक करके चला गया है?" उसने अविश्वास से पत्नी की तरफ देखा।

"क्यों क्या हुआ? जागरण नहीं करवा सकते क्या वह अपने घर?" पत्नी ने सवाल का जवाब सवाल में ही दिया।

"करवा तो सकता है...", वह अभी भी संदेह में था, "पर कैसे करवा सकता है?"

"क्यों? क्यों नहीं करवा सकते?" पत्नी ने फिर सवाल किया।

"अरे रजनी, कुछ दिन पहले ही तो वह मुझसे मिला था तो मैंने उससे उसके बच्चों की पढ़ाई के बारे में पूछा था। उसने बताया था कि उसकी दोनों लड़कियां सरकारी स्कूल में पढ़ रही हैं, और अपने लड़के को उसने किसी प्राइवेट स्कूल में पढ़ने के लिए डाल रखा है।" राजेन्द्र ने बताया।

"तो क्या वह अपने बेटे को अच्छे स्कूल में नहीं पढ़ा सकते?" रजनी ने रामनिवास के पक्ष में वकालत की।

"अरे नहीं, यह बात नहीं है। यह तो अच्छी बात है। मैंने उसे भी यही कहा था, परन्तु यह भी पूछा था कि वह अपनी दोनों बेटियों को भी किसी अच्छे प्राइवेट स्कूल में दाखिल क्यों नहीं करवाता। अब तुम्हीं कहो रजनी, आखिर बेटियां भी तो बेटों जैसी ही होती हैं न, अपनी ही औलाद हैं कोई पराई थोड़े ही हैं। पढ़-लिख

जाएँगी तो अपने पैरों पर खडी भी हो सकती हैं और उन्हें अच्छा वर और अच्छा घर भी आसानी से मिल सकता है। ...गलत तो नहीं कह रहा न?” राजेन्द्र ने रजनी की तरफ विश्वास से देखा।

“ठीक है, पर हर किसी की सोच आपके जैसी थोड़े ही है, उनकी मर्जी, जो करें...। पर कहा क्या उन्होंने?” रजनी को भी जवाब सुनने की उत्सुकता थी।

राजेन्द्र ने गहरी सांस छोड़ी, “यही कि मेरी गुंजाइश नहीं है उन्हें अच्छे स्कूल में पढ़ाने की..., बेटा पढ़ जाए यही बहुत है...। और अब, ...अब यह गुंजाइश कहां से आ गई, इतना पैसे खर्चने की। जानती हो कम से कम सत्तर-अस्सी हजार रूपये खर्च हो जाएंगे ऐसे जागरण करवाने में, जैसा वह करवा रहा है।” फिर खिन्न मन से बोला, “...तो क्या यही पैसा वह अपनी बेटियों की पढ़ाई पर खर्च नहीं कर सकता जिससे उनकी जिंदगी बन सके...।”

****

69

विद्वता

'पिज्जा कॉर्नर' पर उसकी मुलाकात अचानक अपने दोस्त विक्रम से हो गई। दोनों कई सालों के बाद मिल रहे थे। अपनी-अपनी पसन्द के 'स्नैक्स' ले कर वह दोनों एक तरफ खड़े हो गए और एक-दूसरे से बातचीत में मशगूल हो गए।

"और सुनाओ बलवन्त, क्या हो रहा है आजकल?" विक्रम ने कहा।

"एक अदद शादी हो गई है, दो अदद बच्चे हो गए हैं, और अब क्या होना है", उसने मज़ाक के लहज़े में कहा।

"वह तो मेरे भी हो गए..., कामधंधा क्या कर रहा है?" विक्रम शायद उसके मज़ाक को समझ नहीं पाया था।

"कुछ ख़ास नहीं, एक सरकारी स्कूल में शिक्षक की नौकरी मिली हुई है, वही कर रहा हूं। थोड़ा-बहुत पढ़ने-लिखने का शौक रखा हुआ है, और दो चार ट्यूशनें भी पढ़ा लेता हूं...। चल रहा है सब कुछ ठीकठाक...। तुम अपनी सुनाओ", उसने जवाब दिया और साथ ही सवाल भी किया।

"मैंने भी बी.ए. के बाद एम.ए और फिर पीएच.डी. कर ली थी, और मुझे लैक्चरार की नौकरी मिल गई थी। आजकल देहरादून में स्थापित हूं। अपने विषय का विशेषज्ञ हूं। कुछ पुस्तकें भी लिखी हैं। अलग-अलग जगह लैक्चर देने के लिए जाता रहता हूं। इसी सिलसिले में आज यहां चण्डीगढ़ में भी आया था...", विक्रम ने खुलासा किया।

"मतलब अच्छे विद्वान बन गए हो...। अच्छी बात है, आना घर कभी...", उसने उसकी विद्वता से प्रभावित होते हुए कहा।

"जरूर..., पर अभी तो मुझे एक कॉलेज में लैक्चर देने के लिए जाना है, जरा जल्दी में हूं। ...बाकी बातें फिर करेंगे", कह कर विक्रम ने अपने "स्नैक्स" खत्म

किए, कागज की प्लेट और नैपकिन को मरोड़-तरोड़ कर वहीं जमीन पर फेंका और चला गया।

...जाते-जाते बलवन्त ने अपने दोस्त की 'विद्वता' को भी उठा कर पास रखे कूड़ेदान में डाल दिया था।

****

70

चित और पट

कमरे में केवल संत महाराज, उनका चेला और वह महिला ही मौजूद थी।

"देवी, यह लो तावीज़ और जिस विधि से मैंने बताया है, बिलकुल वैसे ही इसे ग्रहण करना। कोई चूक न होने पाए। इसकी पूजा-अर्चना की विधि थोड़ी कठिन अवश्य है, परन्तु यदि सफल हो गई तो तुम्हे संतान के रूप में अवश्य पुत्र की ही प्राप्ति होगी", संत महाराज ने उस महिला को कहा, जो 'पुत्र प्राप्ति' हेतु प्रयासरत थी और आज यहां एक तथाकथित प्रसिद्ध संत के पास आशीर्वाद लेने आई हुई थी।

संत महाराज के मुख से शुभ वचन सुनकर उसने खूब सारा चढ़ावा चढ़ाया और प्रसन्न हो कर वहां से प्रस्थान कर गई।

उसके जाते ही संत के मुंह लगे शिष्य ने चिंता व्यक्त की, "महाराज, वह नामी-गिरामी हस्ती की पत्नी है। आपके कहे मुताबिक अगर कहीं लड़का न हुआ तो? मुझे डर है कि कहीं हमारा ही अनिष्ट...।"

संत महाराज मुस्कुराए, "कुछ नहीं होगा, तुम नाहक चिंता मत करो। लड़का या लड़की, दोनों में से ही तो एक होना है, जोखिम बहुत कम है। कहीं तीर-तुक्के में भाग्य से लड़का हो गया तो हमारे वारे-न्यारे हो जाएंगे, सारी उमर को हमारे मुरीद हो जाएंगे...।"

"और अगर नहीं हुआ तो?" शिष्य दूसरे परिणाम को लेकर ज्यादा चिंतित था, बीच में ही बोल पड़ा।

"नहीं हुआ, नहीं हुआ तो कह देंगे कि 'देवी तुम्हारी पूजा-अर्चना की विधि में ही कहीं कोई कमी रह गई होगी, जिससे सन्तान पुत्र होते होते पुत्री में बदल गई'...", संत ने वैसा ही अभिनय करते हुए कहा, मानो वह स्त्री सामने बैठी हो।

"यानि चित भी अपनी और पट भी...", शिष्य ख़ुशी से उछल पड़ा।
"हां...", संत ने सुर में सुर मिलाया। और दोनों खिलखिला कर हंस दिए।
****

www.ingramcontent.com/pod-product-compliance
Lightning Source LLC
Chambersburg PA
CBHW031305130726
47988CB00007B/2741